El asesino de los Poemas

Fernando Pérez Rodríguez

ENCINA Y JARA

Título original: El asesino de los poemas

©AUTOR: Fernando Pérez Rodríguez

©EDITA: Fernando Pérez Rodríguez

©DISEÑO PORTADA: Raquel Arroyo

©CORRECCIÓN: Raquel Arroyo

©MAQUETACIÓN: Raquel Arroyo

I.S.B.N.13: 978-84-09-84015-01

Nº Depósito legal: D.L. GU 60-2026

¡Hola!

Aunque nací en España, mi corazón está dividido a partes iguales por el amor a mi país España, país que me vio nacer y por el amor a mi querido Perú, mi segunda casa. Si uno de ellos me faltara, mi corazón dejaría de latir.

No soy peruano de nacimiento, pero sí de sentimiento, de amor y de raíces que se entrelazan más allá de cualquier frontera.

En esta tierra maravillosa, llamada Perú, tengo a gran parte de mi familia, personas a las que amo con el alma y de las que me siento profundamente orgulloso. Ellos me enseñaron que el Perú no solo se lleva en el lugar donde se nace, sino en el corazón, en los recuerdos compartidos y en el amor que une.

Por todo ello, y por el inmenso cariño que siento por este país tan bello y lleno de vida, nació este libro. Lo escribí desde el respeto, la admiración y el agradecimiento. Ojalá, al leerlo, puedas sentir aunque sea una pequeña parte de lo que el Perú significa para mí.

¡VIVA EL PERÚ! ¡TE AMO PERÚ!

Fernando Pérez Rodríguez

Aunque en España y en América Latina se comparte el mismo idioma —el español o castellano—, esta novela se desarrolla en América Latina, concretamente en Perú. Por ello, he decidido utilizar en determinadas ocasiones, algunos términos y expresiones propias del uso local en esta novela, con el objetivo de aportar mayor realismo y credibilidad a la historia, ya que muchas palabras, aun siendo comunes, pueden emplearse de forma distinta o tener significados diferentes en España, pero no sin dejar de lado en algunas ocasiones también términos y expresiones utilizadas en el Español de España o Castellano, para no repetir mucho y como ya dije hacer más creíble la historia tanto para los lectores de América Latina, como para los lectores de España.

Índice:

Prólogo. Antes del primer verso

El mar aún no sabía que iba a ser testigo.

Respiraba despacio aquella madrugada, con la paciencia antigua de lo que ha visto demasiadas cosas como para sorprenderse con facilidad. El Pacífico rompía contra las rocas del Malecón con una cadencia casi hipnótica, como si alguien hubiera marcado un compás invisible que las olas obedecían sin cuestionar. La espuma se disolvía rápido, llevándose consigo restos de algas, arena oscura y pequeñas huellas que nadie recordaría al amanecer.

Lima dormía a medias. Nunca dormía del todo. La ciudad siempre parecía estar en un punto intermedio entre la vigilia y el insomnio, entre el ruido y el silencio. Una sirena lejana, un taxi acelerando de más, una ventana iluminada en un edificio antiguo donde alguien fumaba sin prisa o repasaba mentalmente errores pasados. La noche limeña no era negra: era gris, húmeda, pegajosa, llena de sombras blandas que se deslizaban sin hacer ruido.

Aquella madrugada no parecía distinta.
O eso creía la ciudad.

Él observaba.

No desde lejos. No desde una oscuridad teatral ni desde un escondite improvisado. Observaba desde el punto exacto donde la gente baja la guardia. Donde la rutina anestesia. Donde nadie mira dos veces porque cree conocer el lugar, el trayecto, el ambiente.

Había aprendido, no de golpe, sino con el tiempo, que las ciudades no se dominan por la fuerza. Se dominan por la repetición.

Repetir trayectos.
Repetir horarios.
Repetir gestos.

Las personas creían elegir sus caminos, pero casi todos caminaban igual. Salían los viernes por la noche, celebraban que la semana terminaba, bebían más de lo habitual, hablaban con desconocidos como si no lo fueran. Se dejaban llevar por la música, por la cercanía del mar, por esa sensación engañosa de seguridad que ofrece un espacio abierto, iluminado y transitado.

La confianza era el verdadero punto débil.

A él no le interesaban todas.

Eso también lo había aprendido con paciencia. No era cuestión de belleza, aunque la belleza facilitara ciertas cosas. Tampoco de edad, aunque la juventud soliera ir acompañada de una fe excesiva en la invulnerabilidad. Era algo más difícil de definir, algo que no aparecía en un documento ni en una fotografía.

Era una forma de moverse.
De mirar.
De habitar el mundo.

Las que bajaban la guardia sin darse cuenta.
Las que creían que la ciudad las protegía.
Las que pensaban que nada realmente malo podía ocurrirles esa noche.

El cuaderno estaba en el bolsillo interior de su chaqueta. No era grande ni llamativo. No llevaba tapas duras ni un diseño especial. Las hojas estaban algo dobladas por el uso, las esquinas gastadas, algunas páginas ligeramente manchadas por la humedad. No era un objeto nuevo. Nada de lo importante lo era.

Los objetos nuevos delataban ansiedad.

Los viejos, en cambio, hablaban de continuidad.

Se detuvo junto a la baranda del Malecón y apoyó los antebrazos sobre el metal frío. Miró el mar, no con romanticismo, sino con cálculo. El viento soplaba con una intensidad moderada. La humedad flotaba en el aire. La hora exacta era la correcta. Todo influía. Incluso el sonido de las olas podía cubrir un ruido inoportuno.

La ciudad era una ecuación compleja, pero resoluble.

Sacó el cuaderno.

Releyó el poema por última vez.

No era una obra maestra. No pretendía serlo. Nunca había creído en la poesía como arte elevado, sino como herramienta. Las palabras servían para algo más que emocionar: servían para marcar, para señalar, para dejar huella. Un verso bien colocado podía inquietar más que una amenaza directa. Una metáfora podía quedarse en la cabeza mucho más tiempo que una confesión.

Había aprendido que la gente teme más a lo que no entiende del todo.

Lo dobló con cuidado. Siempre lo hacía igual. Cuatro pliegues exactos. No por manía, sino porque la simetría tranquilizaba. El mundo podía ser caótico, pero ciertos gestos no debían serlo.

Guardó el papel y levantó la vista.

Ella estaba ahí.

Aún no lo sabía. Nadie lo sabía nunca en ese punto. Esa era la clave. Las víctimas no se sentían víctimas. Eran personas normales en una noche normal. Esa era la mentira más eficaz de todas.

La observó caminar.
Tacones en la mano.
El vestido oscuro pegado al cuerpo por la humedad.
Arena en los muslos.
El cabello algo desordenado por el viento.

Había bebido, sí, pero no estaba perdida. Eso era importante. No necesitaba que estuviera indefensa. Solo necesitaba que confiara.

La conversación fue breve. Siempre lo era. No hacía falta mucho. Una sonrisa en el momento justo. Una frase sencilla, sin doble sentido. Un tono que no pareciera insistente. Escuchar más de lo que hablaba. Dejar que ella llenara los silencios, que explicara quién era sin darse cuenta de que lo hacía.

Había errores que no podía permitirse.

El primero: parecer ansioso.
El segundo: apresurarse.
El tercero: improvisar.

Nada de eso ocurriría.

Caminaron juntos. El parque estaba casi vacío. A esa hora, solo el *Serenazgo patrullaba de vez en cuando, y él sabía cuándo y por dónde pasaban. Las rutinas eran previsibles. Las personas, más aún.

El momento exacto no fue dramático. Nunca lo era.
No hubo gritos.
No hubo forcejeo.

La confianza había hecho su trabajo.

La precisión también.

Después vino el silencio.

Ese instante siempre le resultaba curioso. El cuerpo inmóvil. La respiración ausente. La sensación de que algo había cambiado en el aire, como si el espacio hubiera absorbido lo ocurrido sin protestar. No era placer. Tampoco culpa. Era otra cosa. Una certeza fría, casi matemática.

Sacó la rosa.

No era una flor cualquiera. Había aprendido a elegirlas. El color debía ser intenso. El tallo firme. Los pétalos intactos. Nada marchito. Nada imperfecto. La colocó con cuidado. No como un trofeo, sino como una firma.

Luego, el poema.

Lo dejó donde debía estar. Ni demasiado visible, ni oculto. El equilibrio exacto entre lo que se descubre y lo que se busca.

Se levantó despacio. Miró alrededor. Nadie.
El mar seguía respirando igual.
La ciudad no había notado nada todavía.

Se alejó sin correr.

Nunca corría.

Horas después, cuando el día comenzara a desperezarse y los primeros curiosos levantaran sus teléfonos como si la muerte fuera un espectáculo más, alguien pronunciaría una hora exacta. Un nombre. Un informe preliminar.

Horas después, otros empezarían a mirar con atención.

Él ya lo sabía.

Porque aquello no era un crimen aislado.

Era el primer verso.

Y como todo buen poema, no estaba escrito para ser entendido de inmediato.

Pregunta abierta del prólogo

¿Cuántas veces se ha leído un poema
sin darse cuenta de que ya estaba escrito
antes de ser leído?

Capítulo I. La primera rosa

El mar de Lima seguía respirando lento aquella mañana, como si no hubiera ocurrido nada extraordinario durante la noche.

Arrastraba su bruma salada hasta el Malecón con la misma cadencia de siempre, envolviendo la ciudad en un manto gris que no distinguía entre lo cotidiano y lo irreversible. Las olas rompían contra las rocas con una paciencia antigua, ajenas al hecho de que, a pocos metros, la calma había sido quebrada de una forma que nadie podría deshacer.

La ciudad despertaba a trompicones.
Los primeros corredores cruzaban el Malecón con auriculares puestos. Un vendedor ambulante preparaba su carrito de café sin saber que, unas calles más allá, la muerte había reclamado su espacio. Lima hacía lo que mejor sabía hacer: continuar.

Frente al Parque Raimondi, una patrulla del *Serenazgo permanecía detenida como un animal herido que no se atreve a moverse. Las luces intermitentes teñían de azul y rojo la neblina matinal, creando una escena casi irreal, suspendida en el tiempo. Nadie hablaba. Nadie corría. Era como si la ciudad contuviera el aliento antes de revelar la verdad.

El agente que primero vio el cuerpo fue Carlos Herrera Lozano.

Treinta y dos años.
Un metro setenta y ocho.
Cabello castaño corto, ojos cafés siempre atentos.

De complexión atlética, brazos fuertes de quien había cargado más peso del que le correspondía a su edad —No solo físico—, bajó del vehículo con la torpeza leve de quien aún no ha terminado de despertar. Dio dos pasos. Luego se detuvo.

No gritó.

No llamó por radio de inmediato.

Apoyó una mano en la puerta abierta y observó la figura tendida sobre la hierba húmeda. Lo hizo en silencio, como si sus ojos se negaran a aceptar lo que su experiencia ya sabía. Porque la muerte tenía su propio ritual, y él acababa de reconocerlo.

Una mujer joven.

Veintitrés años, calculó sin dificultad.
Piel clara.
Cabello castaño ondulado pegado al rostro por la humedad.
Vestido corto.
Tacones en la mano, como si se los hubiera quitado con alivio antes de sentarse.

Arena adherida a los muslos.

Y en el centro del pecho… la rosa.

El tallo atravesaba la carne con una precisión quirúrgica. No había desgarro, no había torpeza. El rojo de los pétalos no competía con la sangre: la acompañaba, la prolongaba, como si ambas formas de rojo se hubieran puesto de acuerdo para decir lo mismo.

Herrera sintió un escalofrío recorrerle la espalda.

No era la primera muerte que veía.
Pero era la primera que parecía mirar de vuelta.

—Central… —dijo al fin, con la voz apenas quebrada—. Tenemos una mujer joven sin vida en el Parque Raimondi.

Se obligó a respirar antes de continuar con el protocolo. Marcó el perímetro, pidió refuerzos, evitó que un par de curiosos se acercaran demasiado. Mientras lo hacía, no pudo evitar mirar de reojo el cuerpo una y otra vez, como si temiera que la escena cambiara si dejaba de observarla.

Eran las 05:41 de la mañana cuando la *D.I.V.I.N.C.R.I. entró en escena.

José Luis Valencia Gálvez Curibamba, al que todos llamaban"Lucho", llegó rápidamente en su coche sin sirena, nunca le gustaron. Decía que anunciaban demasiado pronto lo inevitable. Prefería llegar en silencio, dejar que la escena hablara antes que las luces y el ruido.

Cuarenta y dos años.
Un metro ochenta y dos.
Hombros anchos.
Cuerpo aún fuerte pese a los años en homicidios.

El cabello negro empezaba a rendirse a las canas en las sienes; los ojos marrón oscuro conservaban una mirada cansada, pero afilada, entrenada para ver lo que otros pasaban por alto. Cada paso sobre el asfalto mojado le recordó algo que conocía demasiado bien: la muerte siempre llegaba temprano para alguien.

—Inspector —saludó Herrera, enderezándose—. Nadie ha tocado nada.

Lucho asintió sin responder.
Nunca hablaba de inmediato.
Primero miraba.

Recorrió el perímetro con la mirada: la cinta amarilla ondeando con la brisa, los primeros curiosos acumulándose tras ella, *celulares levantados como ofrendas modernas. Nadie lloraba.

Nadie gritaba. La mayoría observaba con una mezcla de morbo y distancia, como si aquello no pudiera alcanzarlos.

Se acercó al cuerpo con pasos medidos.
La rosa estaba colocada con una exactitud casi respetuosa.

No había desgarro innecesario.
No había rabia visible.
No había urgencia.

Eso lo inquietó más que cualquier mutilación.

—¿Identidad? —preguntó sin apartar la vista.

—Aún no —respondió Herrera—. Sin documentos. Todo indica que salió de fiesta. Hay cámaras cerca. Discoteca a unos metros.

Lucho cerró los ojos un segundo.
Fin de semana.
Alcohol.
Madrugada.
Confianza.

El patrón aún no existía, pero la intuición ya había despertado. Y cuando eso ocurría, rara vez se equivocaba.

Mercedes Marín Mogollón llegó pocos minutos después.

Treinta y seis años.
Un metro setenta.
Complexión esbelta, pero firme.

Cabello castaño oscuro, largo, recogido con una pulcritud engañosa. Sus ojos verdes tenían la cualidad incómoda de parecer siempre un paso por delante, como si evaluaran la escena incluso antes de verla. Tacones bajos. Chaqueta oscura. Movimientos precisos, sin desperdiciar energía.

—¿Qué tenemos aquí? —preguntó mientras se colocaba los guantes.

—Una declaración —respondió Lucho—. No un arrebato.

Mercedes se agachó junto al cadáver. Observó el ángulo del tallo, la posición del cuerpo, la ausencia total de signos de defensa. Su respiración era calmada, casi íntima, como si la escena le hablara en un idioma que solo ella entendía.

—No luchó —dijo al cabo de unos segundos—. O no pudo. O no quiso.

La frase quedó suspendida entre ambos.

Fue ella quien encontró el poema.

Un papel doblado en cuatro, limpio, seco, colocado con cuidado junto al bolso de la víctima. Mercedes lo tomó con pinzas y leyó en silencio:

Te vi bailar
como si nadie mirara
y entendí que ya eras mía.

Lucho sintió un nudo seco en el estómago.

—No es improvisado —dijo Mercedes—. Esto estaba escrito antes.

—Y no es para ella —añadió él—. Es para nosotros.

Levantaron la vista al mismo tiempo.

La ciudad ya estaba despertando.

En la central de comisaría, el caso comenzó a expandirse como una mancha de aceite.

Declaraciones.
Cámaras.
Informes.

El *Serenazgo aportó grabaciones del parque y calles aledañas: una figura masculina aparecía entrando y saliendo del encuadre, siempre fuera de foco, siempre justo antes del amanecer.

—Sabe dónde no mirar —murmuró Mercedes—. Eso no es suerte.

El forense Lucas Huamán Yolca, cuarenta y cinco años, cabello gris corto y mirada clínica, confirmó lo que Lucho temía.

—Una sola herida. Limpia. Precisa. Mano entrenada. Y algo más… —Levantó la vista—. No hay signos de forcejeo.

Confianza otra vez.

Esa noche, mientras Lima hablaba del crimen como si fuera un rumor excitante, Lucho permaneció solo en su despacho. Releyó el poema.

No era bueno.

Pero era eficaz.

Mercedes apareció en el umbral. El cabello suelto ahora, los hombros tensos por el cansancio.

—No va a ser la última —dijo.

Lucho no levantó la vista.

—No. Y cuando vuelva… lo hará mejor.

Ella se acercó demasiado. El cansancio, la adrenalina y algo más —algo peligroso— tensaron el aire entre ambos.

No pasó nada.

Y, sin embargo, pasó todo.

Porque en ese silencio cargado comprendieron lo mismo:

El asesino no solo había matado a una mujer.
Había iniciado una relación.

Y todavía no sabían quién sería el siguiente verso.

Pregunta abierta del Capítulo I

¿Y si la primera rosa no fue la primera?

Capítulo II. Ecos del segundo verso

Lima no dormía, aunque fingiera hacerlo.

La ciudad respiraba con dificultad bajo una capa de humedad persistente, como si el mar se hubiera infiltrado lentamente en las venas del asfalto, reclamando territorio palmo a palmo. En las primeras horas del amanecer, cuando el cielo aún dudaba entre el gris y el azul, Lima parecía suspendida en un estado intermedio: ni despierta ni dormida, vulnerable.

Había pasado exactamente una semana desde la primera rosa.

Siete días sin descanso.
Siete días de titulares ambiguos, de rumores inflados por el miedo y de silencios incómodos en los pasillos de la central.
Siete días en los que una palabra comenzaba a tomar forma en la mente de Lucho, aunque nadie se atreviera todavía a pronunciarla en voz alta: patrón.

El *celular vibró a las 06:19.

El sonido fue breve, casi respetuoso, pero suficiente para arrancarlo de un sueño inquieto en el que volvía a ver aquella primera escena: la mujer tendida, la rosa roja clavada con una delicadeza obscena, el poema como una caricia final.

—Inspector… —La voz del operador del **Serenazgo* llegó baja, tensa, como si temiera ser escuchada por algo más que el teléfono—. Tenemos otra.

Lucho no preguntó dónde.
No hizo falta.

Colgó sin despedirse y se incorporó de un salto. Se vistió con rapidez medida, casi mecánica, ajustando la placa bajo la chaqueta mientras una ansiedad conocida comenzaba a retorcerle el estómago. Esa sensación no era miedo. Era algo peor: la certeza incómoda de que algo ya se había puesto en marcha y que, hicieran lo que hicieran, siempre irían un paso por detrás.

Cuando salió al pasillo del edificio, el ascensor ya estaba bajando.

Mercedes llegó casi al mismo tiempo.

Eso no era habitual.

Ella sostenía dos cafés humeantes, aún con el vapor escapando en espirales perezosas. Vestía ropa oscura, el cabello recogido con descuido. Tenía los ojos cansados, pero alerta.

—Parque Raimondi otra vez —dijo, tendiéndole uno de los vasos—. Mismo sector. Playa cercana.

Lucho tomó el café sin agradecer.
No necesitaban más palabras.

Había crecido entre ellos una comunicación silenciosa desde la primera escena del crimen, una forma de entenderse sin explicaciones, de anticipar pensamientos con apenas una mirada. No era amistad. Tampoco simple complicidad profesional. Era algo más tenso, más profundo... y más peligroso.

El trayecto fue silencioso.

Las calles aún húmedas reflejaban luces dispersas. Lima despertaba lentamente, ajena a que, en uno de sus parques más tranquilos, alguien había vuelto a escribir con sangre.

El segundo cuerpo estaba dispuesto con la misma precisión inquietante que el primero.

La hierba, aún húmeda por el rocío nocturno, parecía cuidadosamente apartada. La postura de la mujer era tranquila, casi serena, como si se hubiera rendido sin luchar. Los tacones estaban tirados a un lado, alineados de forma casi simbólica, como una renuncia final a la huida.

Y allí estaba la rosa.

Emergía del pecho con idéntico ángulo, idéntica profundidad. Ni un centímetro más. Ni uno menos.

—No improvisa —dijo Mercedes, recorriendo la escena con la mirada afilada de quien ya sabe lo que va a encontrar—. Está repitiendo porque quiere que repitamos nosotros.

Lucho observó alrededor.
La cinta policial. Los curiosos detrás, con los celulares en alto. No había gritos, ni exclamaciones de sorpresa. Solo murmullos, susurros morbosos y pantallas encendidas.

—La ciudad empieza a acostumbrarse —murmuró—. Y eso lo hace más peligroso.

Mercedes asintió, sin apartar la vista del cuerpo.

El poema apareció dentro del bolso de la víctima, protegido del viento, doblado con cuidado casi reverencial. Lucho lo tomó con guantes y lo leyó en silencio antes de entregárselo a ella.

Te miré reír
y supe
que no eras de nadie.

Mercedes frunció el ceño.

—No habla de amor —dijo finalmente—. Habla de posesión.

Un joven agente, nervioso, se aclaró la garganta.

—Podría ser un ex. Celos. Rechazo.

Lucho negó despacio.

—Si fuera rabia, habría errores —señaló la escena—. Aquí hay control. Y espera que lo entendamos.

Lucas, el forense, se acercó poco después. Tenía el rostro serio, más pálido de lo habitual.

—Misma arma. Misma mano. Misma calma —confirmó—. Y algo más… —Los miró a ambos—. Habló con ella. Bastante tiempo.

Confianza otra vez.

El asesino no atacaba a desconocidas al azar.
Elegía. Preparaba. Seducía.

La investigación se dispersó rápido… y mal.

Cada pista se convertía en un callejón sin salida. Un camarero aseguró haber visto a la víctima discutir con un hombre la noche anterior. Un taxista juró que ella subió a un coche negro sin placas visibles. Una cámara mostró una silueta que luego resultó ser un turista perdido, borracho y completamente ajeno a todo.

La presión del tiempo y la mirada constante de la prensa torcían decisiones.

—Estamos agarrándonos a cualquier cosa —dijo Mercedes, cerrando un expediente con fuerza contenida—. Y eso es exactamente lo que él quiere.

Lucho la observó.
Estaba tensa. Más de lo habitual.

—Nos está marcando el ritmo —dijo—. Cada error nuestro es un verso más para él.

Las redes sociales explotaban. Rosas en fotos de perfil. Poemas falsos. Teorías absurdas. El asesino comenzaba a convertirse en un símbolo, y eso le otorgaba poder.

—Le estamos dando público —dijo Mercedes con asco—. Justo lo que necesita.

Esa noche, sin avisar a nadie, decidieron caminar por el Malecón. No era parte del protocolo. Era una necesidad. Una forma de intentar entender al asesino en el terreno que él dominaba.

El mar golpeaba abajo, oscuro e insistente.

—Aquí las eligió —susurró ella—. Aquí la ciudad baja la guardia.

Lucho la observó de reojo.
La luz de los faroles marcaba su perfil, la tensión de su cuello, la determinación de alguien que llevaba demasiado tiempo conteniéndose.

—Nos está llevando a su terreno —dijo—. Un lugar donde todo parece seguro.

El silencio entre ambos cambió.
Ya no era solo profesional. Era eléctrico.

Mercedes se detuvo.

—Esto… —dijo, sin mirarlo—. Lo que hay aquí.

Lucho dio un paso más.

—No empezó hoy.

Ella lo miró entonces. De frente. Sin huir.

—No debería pasar.

—Nunca debería —respondió él.

El primer beso entre ambos fue breve, contenido, duró lo justo para dejar suspendidas preguntas en el aire. El segundo ya no. El deseo acumulado de noches sin dormir, de muerte y peligro, estalló sin permiso. No buscaron un hotel. Cuando se dieron cuenta, estaban en el departamento de Lucho.

La puerta se cerró y con ella el mundo exterior.

La ropa cayó al suelo sin orden. No hubo promesas. No hubo palabras bonitas. Solo cuerpos que se buscaban con una necesidad urgente, casi desesperada, de sentirse vivos en medio de tanta muerte.

No fue delicado.
No fue romántico.
Fue real.

Después, exhaustos, la culpa apareció… pero no lo suficiente como para separarlos.

—Esto lo complica todo —dijo ella, con la voz aún rota.

—Siempre estuvo complicado —respondió él—. Solo que ahora no fingimos.

Durmieron poco. Y cuando lo hicieron, fue entrelazados, como si el cuerpo del otro fuera la única frontera segura.

A la mañana siguiente, el caso volvió a caerles encima.

Un correo anónimo llegó a la central de policía: un poema nuevo, acompañado de una foto borrosa del Malecón.

Mercedes lo leyó en silencio.

—Está cambiando su forma de actuar, cometiendo más rápido los asesinatos —dijo—. Sabe que estamos tras él.

Lucho lo entendió entonces: el asesino no solo mataba mujeres.
Observaba.
Esperaba.
Escribía con ventaja.

—No va a parar —dijo—. Y cuando vuelva… nos obligará a mirarnos al espejo.

Mercedes sostuvo su mirada.

—Entonces no le demos el final que quiere.

Pero ambos sabían la verdad.

El segundo verso ya estaba escrito.
Y el tercero… solo era cuestión de tiempo.

Pregunta abierta del capítulo II

¿Está el asesino marcando a sus víctimas…
o marcando el ritmo de una relación que nunca debió comenzar?

Capítulo III. La tercera estrofa

La tercera llamada no llegó al amanecer.
Llegó a las 02:17 de la madrugada, cuando Lima aún estaba despierta y el ruido podía servir de coartada. A esa hora, la ciudad fingía normalidad: taxis cruzando avenidas casi vacías, música filtrándose desde bares que se resistían a cerrar, risas apagadas que sonaban demasiado altas en la noche. No hubo bruma ni mar

de fondo esta vez. Hubo un silencio artificial, cuidadosamente elegido, como un escenario montado con precisión.

El *celular vibró sobre el escritorio de Lucho con una insistencia breve, quirúrgica.

—Inspector… —La voz del operador del **Serenazgo* sonó más baja de lo habitual, casi contenida—. Tenemos otra víctima. Una nueva joven ha aparecido muerta. Barranco. Cerca de una galería cerrada.

Lucho colgó sin hacer preguntas.
Ya no las necesitaba.

El patrón no solo existía: respiraba solo, caminaba sin ayuda. La idea no lo asustó tanto como debería. Lo que le heló el estómago fue otra cosa: la certeza de que el asesino estaba corrigiendo su obra.

Mercedes estaba de pie cuando él salió del despacho. No llevaba el cabello recogido. Era un detalle mínimo… y alarmante. En ella, el orden no era una cuestión estética, sino una forma de contención. Aquella noche, algo se había aflojado.

—No esperó al fin de semana —dijo, caminando a su lado—. Está acelerando.

—O está corrigiendo —respondió Lucho mientras avanzaban por el pasillo—. Como quien reescribe un verso porque no quedó perfecto.

No se miraron.
No hizo falta.

El trayecto hasta Barranco fue rápido. Las luces de la ciudad parecían distintas a esa hora: más duras, menos indulgentes. Lucho pensó que el asesino había elegido bien. Barranco ofrecía lo que necesitaba: tránsito constante, zonas oscuras, una sensación de bohemia que invitaba a bajar la guardia.

La tercera víctima se llamaba Daniela Ríos Calderón, veinticuatro años, estudiante de arquitectura. Lo supieron casi de inmediato. Tenía el carné universitario aún en el bolso, junto a un cuaderno de bocetos. Había salido de una inauguración pequeña, discreta: vino blanco, conversaciones tranquilas, sonrisas educadas. Nada de discotecas. Nada de exceso. Nada que explicara la violencia que había seguido.

El cuerpo estaba apoyado contra una pared de ladrillo, como si se hubiera sentado a descansar. La postura era inquietantemente natural. No había señales de forcejeo visibles. El rostro conservaba una expresión serena, casi concentrada.

Y la rosa.

Una vez más, emergía del pecho con la misma precisión clínica. El tallo recto. La flor intacta. Ni una gota de sangre fuera de lugar.

—Cambió el escenario —dijo Mercedes, recorriendo la escena con atención—. Nos está diciendo que puede hacerlo en cualquier lugar.

Lucho asintió lentamente.
Barranco no era un parque. No era un espacio abierto al amanecer. Era un barrio vivo, incluso a esas horas. Gente pasando a menos de veinte metros. Cámaras privadas. Ventanas encendidas.

—Y aun así nadie vio nada —murmuró—. O nadie quiso ver.

El poema no estaba oculto. No estaba dentro de un bolso ni doblado con cuidado. Estaba pegado con cinta transparente a la pared, a la altura de los ojos, como un aviso.

Te observé crear
líneas que no existían
y supe que ya sabías
cómo terminarías.

Mercedes lo leyó tres veces.
La última, en silencio.

—No es un poema para la víctima —dijo al fin—. Es para nosotros.

Lucho recorrió la escena con la mirada, deteniéndose en los detalles: la distancia entre el cuerpo y la calle, el ángulo desde el que alguien pudo observar sin ser visto, las cámaras que apuntaban… y las que no.

—Está cómodo —dijo—. Demasiado.

El asesino ya no se escondía.
Se exhibía.

Las primeras decisiones fueron precipitadas. Y equivocadas.

La presión por mostrar avances era asfixiante. Tres sospechosos surgieron con rapidez, como si la ciudad los hubiera ofrecido en sacrificio para calmar su propia ansiedad.

Un ex compañero de universidad obsesionado con Daniela, con mensajes antiguos que podían leerse como románticos… o como insistentes.
Un galerista nervioso que ocultaba una infidelidad y no supo explicar por qué estaba cerca del lugar.
Un artista frustrado con denuncias previas por acoso, demasiado visible, demasiado evidente.

—Estamos perdidos y sin rumbo —dijo Mercedes, cerrando un expediente con más fuerza de la necesaria—. Y cuando estás perdido y sin rumbo, ves lo que quieres ver, y no lo que realmente es.

Lucho no discutió.
El cansancio estaba decidiendo por ellos, y eso lo sabía bien.
Dormían poco. Comían peor. Y el caso ya no se limitaba a la mesa de trabajo: se había infiltrado en sus gestos, en sus silencios, en la forma en que se buscaban sin querer.

Lucas, el forense, los llamó aparte.

—Esta vez habló con ella más tiempo —dijo en voz baja—. Hay restos de saliva en el tallo. Conversaron. Confió.

Confianza otra vez.

—No estamos persiguiendo a un depredador torpe —dijo Mercedes, frotándose las sienes—. Estamos siguiendo a alguien que escucha.

Y eso lo volvía infinitamente más peligroso.

Esa noche no regresaron a la central de policía.

El departamento de Lucho estaba en silencio, con las luces bajas, como si los esperara. No hablaron del caso. Tampoco de límites. La tensión flotaba entre ellos desde hacía días, pero ahora tenía otra textura: menos explosiva, más profunda.

Se acercaron despacio.
Sin prisa.
Con la conciencia clara de que estaban cruzando una frontera que no tendría marcha atrás.

No hubo urgencia ciega. Hubo miradas sostenidas, manos que dudaban antes de avanzar, respiraciones que se acompasaban sin necesidad de tocarse aún. El deseo estaba ahí, sí, pero también el miedo. Y una necesidad más peligrosa: sentirse comprendidos.

Cuando se tocaron, lo hicieron con una intensidad silenciosa, como si el mundo pudiera oírlos. No fue una repetición de la noche anterior. Fue algo más íntimo. Más arriesgado.

Después, juntos en la oscuridad, la realidad regresó sin pedir permiso, sus cuerpos se fundieron en uno solo.

—Esto nos vuelve vulnerables —dijo Mercedes, con la voz baja, honesta.

—Siempre lo fuimos —respondió Lucho—. Solo fingíamos control.

No durmieron mucho.
Y cuando lo hicieron, fue con la sensación incómoda de que alguien más estaba despierto en la ciudad, escribiendo.

A la mañana siguiente, un nuevo mensaje llegó por correo electrónico.

No era un poema completo.
No había flor.
No había metáfora.

Solo palabras dispersas:

Observa.
Aprende.
Confía.

Mercedes copió el texto en una libreta, subrayando las palabras finales de cada línea.

—Mira las sílabas —dijo—. No encajan… a menos que leas solo la última palabra.

Lucho sintió un escalofrío.

—No es poesía —susurró—. Es una advertencia.

El asesino no solo quería ser leído.
Quería enseñarles cómo hacerlo.

—Nos está marcando el método —añadió Mercedes—. Como si dijera: "yo veo más que ustedes".

—O como si quisiera que veamos lo mismo —respondió Lucho—. Para que entendamos por qué lo hace.

La idea era perturbadora.
Y seductora.

El error definitivo llegó esa misma tarde.

Un hombre fue descartado demasiado pronto. Educado. Calmado. Con una coartada parcial, incompleta, pero plausible. Alguien que no levantaba alarmas. Que hablaba despacio. Que escuchaba.

—No gritaba —dijo Mercedes más tarde, cerrando los ojos—. No forzaba. Escuchaba.

Lucho lo entendió en ese instante.

—Como él.

El asesino no era un monstruo evidente.
Era alguien que sabía parecer humano.

Mientras tanto, la presión mediática no cedía.

Walter Nogales, de *América Televisión*, apareció frente a la comisaría esa misma tarde. Cámara en mano. Sonrisa inquietante. Olfato de cazador.

—Inspector —dijo, acercándose demasiado—. ¿Cuánto tiempo más durará este terror? ¿O ya han perdido toda esperanza de atraparlo?

Lucho lo miró sin parpadear.

—Algunos versos no se escriben para el público —respondió—. Se escriben para quienes saben entenderlos.

Nogales arqueó una ceja. Sonrió. Se retiró.

Pero el mensaje estaba claro:
alguien filtraba información.
Y el asesino lo sabía.

Esa noche, Renato Salazar, el grafólogo, entró oficialmente en la investigación.

Observó los poemas durante largos minutos. El papel. Los pliegues. La tinta. La presión de los trazos.

—No improvisa —dijo finalmente—. Pero tampoco es tan metódico como quiere aparentar. Hay cambios sutiles: momentos de euforia, momentos de contención forzada.

—¿Qué significa eso? —preguntó Mercedes.

Renato levantó la vista.

—Que se está acercando demasiado a ustedes —respondió—. Eso lo excita… pero también lo pone en riesgo.

Mercedes sintió un escalofrío recorrerle la espalda.

Lucho comprendió entonces que no estaban persiguiendo solo a un asesino.
Estaban participando en su obra.

Y la tercera estrofa ya había sido escrita.

Pregunta abierta del capítulo III

Si el asesino ya no esconde su voz…
¿cuánto falta para que escriba el siguiente verso mirando directamente a quienes lo persiguen?

Capítulo IV. Cuando el poema aprende a mirar

La cuarta víctima apareció cuando todos esperaban una pausa.

No fue de madrugada.
No fue tras una noche de fiesta.
No fue un fin de semana.

Fue un martes, a las 19:42, con el sol todavía colgado sobre Lima y la ciudad despierta, despiadadamente despierta. A esa hora en que los parques aún están llenos, los cafés sirven la última ronda antes del cansancio y la gente cree que la violencia duerme hasta más tarde.

No esta vez.

—Esto ya no es un ritual —dijo Mercedes, observando la escena sin agacharse—. Es una declaración de poder.

Lucho permanecía inmóvil, con las manos hundidas en los bolsillos de la chaqueta, como si el cuerpo frente a él pudiera desaparecer si no lo miraba directamente. El banco del Parque Kennedy estaba limpio. Demasiado limpio. No había signos de forcejeo. No había sangre visible.

El cuerpo estaba sentado con la espalda recta, las manos apoyadas sobre los muslos. Como si esperara a alguien. Como si no tuviera prisa. Como si la muerte hubiera llegado sin interrumpir una conversación.

La víctima se llamaba Valeria Torres Benavides, veinticinco años, periodista cultural independiente. El dato llegó rápido, casi con urgencia. Había documentos. Había una libreta. Había una identidad clara.

Y eso era nuevo.

No había herida visible.
La rosa no estaba clavada.
Estaba sostenida entre sus dedos.

—Nos está obligando a mirarla —murmuró Lucho—. No al crimen. Al gesto.

Mercedes asintió despacio. El asesino ya no buscaba ocultarse. Ya no necesitaba demostrar precisión. Ahora buscaba otra cosa: ser entendido.

Ser leído.

El **Serenazgo* había acordonado la zona con una rapidez casi desesperada. Demasiada gente. Demasiados *celulares. Demasiados ojos observando y grabando como si fueran testigos privilegiados de una obra que no habían pedido ver, pero que tampoco querían perderse.

—Tenemos grabaciones claras esta vez —dijo Carlos Herrera, serio, con un gesto tenso que no pudo ocultar—. Demasiado claras.

En la central de policía, el aire se volvió espeso cuando comenzaron a revisar las imágenes. Las cámaras del parque no solo habían captado fragmentos. Habían captado continuidad.

El hombre caminaba de frente a la cámara.

No corría.
No se ocultaba.
No miraba directamente al objetivo.

Pero sabía que estaba allí.

—Zapatos caros —dijo Mercedes, ampliando una imagen—. Ropa limpia. Postura relajada.

—Y ninguna prisa —añadió Lucho—. Ya no teme.

El silencio que siguió no fue incómodo. Fue revelador.

El poema estaba dentro del bolso de Valeria, en una libreta negra. No su cuaderno de trabajo principal, sino uno secundario, casi íntimo. Entre notas de entrevistas y reseñas culturales, Mercedes lo encontró doblado con cuidado.

Lo leyó en voz alta:

Me miraste sin saber
que yo ya te había leído.
No escribo para que me entiendas.
Escribo para que recuerdes
cuando ya sea tarde.

Nadie habló durante varios segundos.

—Esto no es solo un mensaje —dijo Mercedes al fin—. Es una conversación.

Lucho asintió lentamente.

—Y ella escribía sobre literatura urbana —añadió—. Sobre poesía contemporánea. La eligió porque podía leerlo.

El asesino había cambiado de objetivo.
Ya no buscaba solo confianza.
Buscaba comprensión.

Los errores comenzaron a acumularse.

La presión era insoportable. Cuatro víctimas. Un patrón evidente. Una ciudad inquieta. Y una prensa que ya no pedía respuestas, sino culpables.

Un editor celoso fue detenido demasiado pronto. Tenía discusiones recientes con Valeria, correos ambiguos, un carácter volátil. Bastó eso para convertirlo en titular.

Un ex novio violento fue expuesto mediáticamente antes de que se confirmaran fechas, horarios, movimientos. Su rostro apareció en pantallas antes de que se revisaran las cámaras.

Un poeta marginal fue señalado por presión política, como si el arte fuera una coartada suficiente para la sospecha.

Tres decisiones precipitadas.
Tres sonrisas invisibles del asesino.

—Estamos fallando —dijo Mercedes, cerrando un informe con rabia contenida—. Y lo sabe.

—Nos está usando para limpiar su camino —respondió Lucho—. Cada error nuestro es una victoria suya.

El **Serenazgo* aportó entonces un detalle que cambió la temperatura de la sala.

—Hay una cámara secundaria —explicó Herrera—. Muestra al asesino sentado junto a Valeria durante casi veinte minutos.

La imagen era clara. Demasiado clara.

Conversaban.
Ella reía.
Se inclinaba hacia él.

—No la forzó —susurró Mercedes—. La convenció.

Lucho la miró.
Ella no apartó la mirada.

—Como hace con nosotros.

La frase quedó suspendida entre ambos, cargada de un significado incómodo.

A medida que la investigación avanzaba, la relación entre Lucho y Mercedes dejaba de ser invisible. No por gestos obvios, sino por una cercanía constante, por decisiones compartidas sin consultar a terceros, por silencios que se prolongaban más de lo necesario.

En la central de policía, las miradas duraban un segundo más.
Las conversaciones se cerraban en privado.
Las noches terminaban lejos del resto.

No era solo deseo.
Era dependencia emocional bajo presión.

—Si seguimos así —dijo Mercedes una noche, apoyando la frente en su pecho, con la ciudad brillando apagada tras la ventana—, vamos a equivocarnos.

—Ya lo estamos haciendo —respondió Lucho—. Pero separados tampoco funcionamos.

No se prometieron nada.
Y eso fue lo más grave.

Esa misma noche, Renato Salazar volvió a revisar los poemas. Esta vez no habló de letras ni de tinta al principio. Habló de ritmo.

—Hay algo distinto aquí —dijo señalando los últimos textos—. Ya no escribe solo para dejar huella. Escribe para ser leído de inmediato.

—¿Qué quieres decir? —preguntó Mercedes.

Renato respiró hondo.

—Que ya no teme ser descubierto. Y que se siente parte de esta investigación.

Sus dedos temblaban ligeramente sobre el papel.

—Las variaciones en la presión del trazo indican excitación. Pero también contención. Está cerca. Demasiado cerca.

Mercedes sintió un escalofrío.

Lucho lo entendió con claridad brutal: el asesino no solo mataba, no solo jugaba, no solo enseñaba. Marcaba el ritmo.

Y ellos lo estaban siguiendo.

Walter Nogales apareció de nuevo frente a la comisaría esa misma tarde. Cámara en mano. Sonrisa idéntica a la de siempre, pero con algo distinto en los ojos.

—Inspector —dijo—. ¿Cuánto tiempo más durará este terror? ¿O ya han perdido toda esperanza de atraparlo?

Lucho lo miró sin parpadear.

—Algunos versos no se escriben para el público —respondió—. Se escriben para ser leídos por quienes saben entenderlos.

Nogales arqueó una ceja y se retiró.

Pero Lucho sintió la certeza incómoda de que la prensa ya no era un observador externo. Estaba jugando. Y alguien dentro de la policía filtraba información.

El correo llegó a las 03:12.

Asunto: corrección de estilo.

Adjunto: una imagen.

Ellos dos.
Entrando juntos al edificio.
Horas antes.

Debajo, una frase:

Todo buen poema necesita intimidad.

Mercedes amplió la imagen.
En el reflejo del cristal, casi invisible, había un rostro.

Una sonrisa leve.
Demasiado tranquila.

—Lo conocemos —susurró.

Lucho asintió despacio.

—Y lo descartamos.

El asesino ya no solo observaba la ciudad.
Los observaba a ellos.

Y por primera vez, Lucho entendió algo que le heló la sangre:

La línea entre cazador y presa ya no estaba clara.

Y tal vez…
nunca lo había estado.

Pregunta abierta del capítulo IV

Si el asesino escribe sabiendo que lo leen,
¿qué hará cuando descubra que también puede tocarlos sin ser visto?

La presión no llegó con una muerte.
Llegó con un micrófono.

—Inspector Gálvez —La voz era reconocible incluso antes de verlo—. ¿Puede confirmar que el asesino de las rosas actúa con total impunidad?

Lucho cerró los ojos un segundo. Solo uno. El suficiente para maldecir en silencio y recordar, con una claridad amarga, que el verdadero peligro no siempre llevaba un arma.

Walter Nogales Alcántara, cuarenta y tantos, traje oscuro impecable, sonrisa de cazador, micrófono con el logo de América Televisión, se movía entre los cordones policiales como si fueran decorados. No gritaba. No corría. No necesitaba imponerse. Sabía que la calma intimidaba más que cualquier amenaza.

—No hago declaraciones —respondió Lucho, sin mirarlo, continuando su camino.

—¿Tampoco sobre la fotografía que circula desde esta mañana? —insistió Nogales, caminando a su lado con naturalidad estudiada—. ¿La que muestra a una joven con una rosa roja en el pecho… viva?

Lucho se detuvo en seco.

Mercedes también.

El ruido de la ciudad pareció bajar de volumen, como si alguien hubiera cerrado una puerta invisible.

—¿Qué fotografía? —preguntó Mercedes, y el golpe en su voz fue evidente, imposible de disimular.

Nogales sonrió apenas. No con burla abierta, sino con la satisfacción silenciosa de quien sabe que acaba de clavar una espina.

—Pensé que ya lo sabían.

La imagen había aparecido en redes a las 06:03.

No en una cuenta anónima.
No en un foro oscuro.
En una historia viral, replicada miles de veces en minutos.

Una joven sentada en una banca del Cercado de Lima. Vestido claro. Rodillas juntas. Las manos temblorosas, visibles incluso en la mala calidad de la foto. En el centro del pecho, una rosa roja sostenida con cuidado, sin herida, sin sangre.

Y un papel doblado.

El poema decía:

No todo verso necesita sangre.
A veces basta el miedo
para que el recuerdo permanezca.

Mercedes observó la imagen sin pestañear, como si temiera que al hacerlo algo más cambiara.

—Está jugando con nosotros —dijo al fin—. Nos está demostrando que puede hacerlo… o no hacerlo.

—Y que decide cuándo matar —añadió Lucho, golpeando la mesa con la palma abierta—. Eso es poder. ¡Carajo! ¡Está jugando con nosotros y ya me está empezando a cansar este juego!

No era una rabia explosiva. Era peor. Era una rabia contenida, agotada, la de alguien que empieza a comprender que va siempre un paso atrás.

La joven apareció horas después en una comisaría del Cercado de Lima.

Viva.
Ilesa.
Con los ojos perdidos.

Se llamaba Lucía Prado Vega, veintiún años, estudiante de turismo. Temblaba al hablar. No podía recordar detalles concretos. Solo sensaciones.

—No recuerdo su cara —repitió varias veces—. Es como si… como si nunca hubiera mirado directamente.

— ¿Y su voz? —preguntó Mercedes con suavidad.

Lucía asintió.

—Era tranquila. No insistía. Me escuchaba. Me preguntó cosas simples. Dónde estudiaba, si me gustaba caminar, si creía que la gente se conoce de verdad.

Lucho apretó la mandíbula.

—¿En qué momento apareció la rosa?

—Ya la tenía en la mano cuando me di cuenta —respondió ella—. Me dijo que no me asustara. Que confiara. Que nada malo iba a pasar… si aprendía a leer.

El silencio que siguió fue denso.

No había forcejeo.
No había amenaza.
Solo control absoluto.

La presión mediática explotó como una bomba mal contenida.

Titulares a toda hora.
Programas especiales.
Mesas de debate con "expertos".

Siempre el mismo rostro frente a cámara: Walter Nogales. Siempre las mismas preguntas.

—¿Es cierto que el asesino ha logrado infiltrarse en el círculo cercano de la policía?

—¿Es verdad que la subinspectora Marín mantiene una relación personal con su superior directo?

Mercedes cerró la puerta del despacho con un golpe seco.

—Nos están rodeando —dijo, apoyando ambas manos en el escritorio—. Y alguien les está dando material.

Lucho no respondió de inmediato. Observaba la pizarra cubierta de fotografías, poemas, fechas. Cuatro muertes. Una mujer viva. Un poema sin sangre.

Algo no encajaba.

—Tenemos un sospechoso —dijo al fin—. Y esta vez encaja demasiado bien.

Se llamaba Hernán Salazar Quiroz.

Treinta y nueve años. Corrector editorial independiente. Colaboraba con revistas culturales, editoriales pequeñas, suplementos literarios. Había corregido textos de dos de las víctimas. Vivía solo. Sin antecedentes penales. Sin pareja estable.

Escribía poesía.

—Demasiado fácil para que sea él —murmuró Mercedes mientras caminaban hacia la sala de interrogatorios.

Hernán no se alteró.
No levantó la voz.
No pidió abogado.

Respondía despacio. Miraba a los ojos. Citaba versos cuando le preguntaban por las rosas.

—Las flores no matan —dijo en un momento—. Solo acompañan.

En su ordenador encontraron borradores de poemas con estructuras similares a los del asesino. Métrica coincidente. Uso obsesivo del encabalgamiento. Juegos con acrósticos.

—Es él —aseguró un superior—. Cierren este caso ya, antes de que la prensa nos destruya.

Mercedes negó con la cabeza.

—Los poemas están bien escritos… pero no son más que eso: poemas.

—¿Cómo lo sabes? —preguntó Lucho, mirándola con atención.

Ella señaló un verso.

—No hay mensaje oculto. Son lo que dicen. El asesino siempre esconde algo más.

No la escucharon.

Hernán fue presentado como principal sospechoso esa misma noche.
Las cámaras grabaron su rostro.
La ciudad respiró aliviada.

Walter Nogales sonreía frente a cámara.

Lucho y Mercedes no.

Esa noche, mientras Lima celebraba una falsa victoria, el asesino volvió a escribir.

La nueva víctima apareció en San Borja. Joven. Veintidós años. El ritual intacto. Rosa clavada en el pecho. Poema más largo. Más refinado.

Mercedes fue quien notó el detalle a las 04:17.

Las letras iniciales de cada verso.

Formaban una frase:

NO ES ÉL.

—Dios… —susurró—. Nos está corrigiendo.

—Y humillando —respondió Lucho—. Delante de todos.

El acto más audaz no había sido dejar viva a una mujer. Había sido exponer el error de la policía sin tocar a nadie.

Walter Nogales no tardó en aparecer.

—Inspector —dijo, micrófono en alto—. ¿Cómo se siente al saber que el asesino escribe mejor de lo que ustedes investigan?

Lucho lo miró, furioso, pero sereno.

—¿Sabe qué tienen en común los malos poetas y los malos periodistas? —preguntó.

Nogales arqueó una ceja.

—Ilústrame, inspector.

—Ambos creen que todo es para el público —respondió—. Y olvidan que algunos versos se escriben para alguien en concreto. Hay que saber leerlos… leer entre líneas… y leer los mensajes ocultos que pueden llevar.

Nogales sostuvo la mirada un segundo más de lo necesario. Sonrió y se marchó.

Mercedes observó en silencio.

—Ese hombre sabe algo.

—O alguien se lo cuenta —respondió Lucho—. Y cuando sepamos quién… ya será tarde para uno de nosotros.

Esa madrugada, mientras la ciudad dormía mal, el asesino escribía su siguiente poema.

Esta vez, no hablaba de víctimas.

Hablaba de testigos.

Pregunta abierta del capítulo V

Si el asesino puede detenerse cuando quiere,
¿qué pasará cuando decida que alguien debe morir
sin dejar verso alguno?

Las noches dejaron de ser un refugio.

Se transformaron en una combustión lenta, en un territorio sin tregua donde el cansancio, el miedo y el deseo se mezclaban hasta volverse indistinguibles. Para Lucho y Mercedes, dormir ya no significaba descansar, sino huir unos minutos de la vigilia, apenas el tiempo suficiente para volver a enfrentarse al día siguiente.

Se encontraban como quien se aferra a una tabla en medio del naufragio: sin promesas, sin planes, sin palabras innecesarias. El contacto era urgente, casi desesperado, y ya no tenía que ver solo con el sexo. Era una manera de comprobar que el otro seguía ahí. Vivo. Íntegro. No tocado todavía por la mano del asesino.

El departamento de Mercedes olía a café frío, a sudor contenido y a ropa olvidada en el suelo. Las persianas siempre a medio bajar. La ciudad filtrándose en sonidos apagados. Sirenas lejanas. Algún perro ladrando. Lima nunca dormía del todo, pero ellos sí lo hacían… mal y a destiempo.

Lucho conocía cada rincón del cuerpo de Mercedes, sus treinta y siete años marcados por turnos dobles, expedientes sin cerrar y una determinación que no se apagaba ni en la penumbra. La forma en que tensaba la mandíbula cuando algo no encajaba. La cicatriz mínima bajo la clavícula izquierda, recuerdo de una intervención años atrás. La manera en que su respiración cambiaba cuando el miedo intentaba colarse.

Mercedes, por su parte, conocía la espalda ancha de Lucho, sus manos grandes y torpes cuando no sabían dónde descansar, el modo en que cerraba los ojos como si durante unos segundos pudiera olvidar que era el hombre encargado de cazar monstruos… y que ahora uno de ellos lo había elegido como centro del tablero.

Las noches eran intensas. Demasiado.

Y eso, ambos lo sabían, también era una señal.

Aquella madrugada, sin embargo, algo fue distinto desde el principio.

Mercedes no lo besó al entrar. No buscó su cuello ni se dejó caer sobre él con esa mezcla de hambre y cansancio que se había vuelto costumbre. Permaneció sentada al borde de la cama, envuelta apenas en una sábana, con la espalda recta y la mirada fija en un punto invisible de la pared.

Lucho tardó unos segundos en comprender que no era una pausa cualquiera.

—¿Qué pasa? —preguntó, bajando la voz sin saber por qué.

Mercedes respiró hondo. Una vez. Dos.

—Tenemos que hablar.

El golpe fue físico. No violento, pero sí certero. Como una mala noticia que el cuerpo reconoce antes que la mente.

Lucho se sentó frente a ella.

—Estoy embarazada.

El silencio que siguió fue brutal.

No incómodo.
No breve.
Brutal.

Lucho la miró como si estuviera observando una escena del crimen imposible de clasificar. No había miedo en su rostro, pero sí incredulidad, vértigo… y algo más profundo: el peso inmediato de la responsabilidad.

—¿Estás segura? —preguntó, y se odió por formularlo.

Mercedes asintió despacio, con una firmeza que no dejaba espacio a la duda.

—Muy segura.

No hubo abrazos inmediatos.
No hubo lágrimas.
No hubo promesas.

Solo dos policías experimentados entendiendo que el asesino acababa de entrar en sus vidas por una puerta que ninguno había previsto.

—Esto… —Lucho tragó saliva—. Lo cambia todo.

Mercedes apoyó una mano sobre la sábana, a la altura de su vientre aún invisible.

—O lo acelera.

Lucho levantó la vista.

—¿Estás diciendo…?

—Que no va a esperar —interrumpió ella—. Nada ni a nadie. Y si nos ve dudar, si nos ve debilitarnos… nos va a destrozar.

Lucho comprendió entonces que el verdadero miedo no estaba en la palabra embarazo, sino en lo que implicaba: un punto vulnerable que el asesino aún no conocía… pero que acabaría conociendo, por eso ahora más que nunca, debían andar con cuidado.

En la *D.I.V.I.N.C.R.I., el caso había dejado de ser un expediente.

Era una hemorragia.

Seis víctimas confirmadas. Todas jóvenes. Todas con la rosa roja clavada en el pecho. Todos los poemas distintos, pero unidos por el mismo pulso: control, posesión, desafío. El asesino no solo mataba. Dirigía. Marcaba el ritmo. Obligaba a reaccionar.

La detención fallida de Hernán Salazar había dejado una grieta profunda. La prensa la explotaba. La opinión pública desconfiaba. Dentro del equipo, el desgaste era evidente.

Fue Mercedes quien puso sobre la mesa lo que todos evitaban.

—Necesitamos a alguien que lea más allá del contenido —dijo, dejando una carpeta gruesa frente a Lucho—. Alguien que no se quede en las palabras.

—¿Un grafólogo? —aventuró uno de los agentes.

—¡Sí! —respondió ella—. Un grafólogo.

—Presión del trazo. Ritmo. Correcciones. Márgenes. Obsesiones. No sabremos su nombre, pero quizá sepamos cómo piensa… o qué lo traiciona.

Lucho levantó la vista.

—Ya tenemos a Renato que ya está trabajando con nosotros.

Todos se miraron como si estuvieran de acuerdo, que ahora más que nunca la ayuda de Renato sería primordial.

Renato Salazar Paredes llegó esa misma tarde.

Cincuenta y dos años. Delgado. Gafas de montura fina. Manos inquietas, como si siempre estuviera a punto de escribir algo que no debía. Pasó horas analizando los poemas en silencio, aislado en una sala con luz blanca y una lupa.

Lucho y Mercedes lo observaban desde el otro lado del cristal.

—No improvisa —dijo Renato al fin—. Pero tampoco es tan metódico como quiere aparentar y hacernos creer.

—Explíquese —dijo Lucho.

—Hay picos emocionales —continuó—. Momentos de euforia donde el trazo se vuelve más amplio, más confiado. Y otros de contención forzada. Como si alguien le respirara demasiado cerca.

Mercedes sintió un escalofrío.

—¿Cerca de quién?

Renato levantó la mirada.

—De ustedes.

El silencio volvió a instalarse.

—Su interés aumenta —añadió— cuando ustedes fallan. El error con Hernán no lo enfureció. Lo excitó. Porque los puso en evidencia… y lo colocó por encima.

Lucho apretó la mandíbula.

—Entonces no solo mata.

—No —confirmó Renato—. Para él se trata de una competición donde ustedes son sus adversarios y él su oponente que al menos de momento va en cabeza y ganando la competición.

El aviso llegó de noche.

No fue una escena pública.
No hubo cámaras.
No hubo poema a la vista.

Solo una llamada.

—Lucho… —La voz al otro lado de la línea era grave, tensa—. Es Lucas.

El mundo se estrechó.

Lucas Huamán Yolca. Forense. Aliado. Amigo.

Lucho llegó al despacho con el pulso desbocado. Lucas yacía sobre el suelo, junto a su mesa de trabajo. Sin rosa. Sin verso. Sin ceremonia.

Como si el asesino hubiera querido dejar claro que no todos merecían poesía.

Mercedes entró detrás de él. Se llevó una mano a la boca.

—Esto es personal —susurró—. Demasiado.

Lucho no respondió. El dolor subía por su pecho como ácido. Lucas había estado demasiado cerca. Había visto patrones. Había hecho preguntas.

Y ahora estaba muerto.

Esa misma madrugada, al regresar a su despacho, Lucho encontró el sobre.

No tenía remitente.

Dentro, una hoja blanca. Una sola frase, escrita con letra firme, elegante:

"Seguimos jugando.
Yo manejo el juego y tú tan solo eres un peón.
Pero sin ti, el juego no existiría."

Mercedes leyó por encima de su hombro.

—Quiere que lo sepas —dijo—. Que todo gira alrededor de ti.

—O de nosotros —corrigió Lucho.

Se miraron. El embarazo. La muerte. El mensaje.

Todo convergía.

—Tenemos que parar esto —dijo Lucho—. Cueste lo que cueste.

Mercedes apoyó una mano sobre su vientre.

—No tenemos alternativa.

Porque el asesino ya no jugaba a provocar.

Ahora jugaba a destruir.

Pregunta abierta del capítulo VI

Si el asesino ha cruzado el límite del círculo íntimo,
si ya no necesita versos para matar,
¿cuánto falta para que reclame lo que considera suyo?

Capítulo VII. Versos que se esconden

Lima amaneció gris, como si el cielo hubiera decidido acompañar el ánimo de la ciudad. No era una neblina suave ni una llovizna amable: era un manto pesado, opaco, que aplastaba los edificios y parecía filtrar la luz hasta volverla sucia. En el Malecón, el mar respiraba lento, espeso, y los faroles aún parpadeaban como testigos agotados de una ciudad que llevaba semanas sin dormir bien.

Lucho y Mercedes llevaban más de doce horas despiertos.

El despacho era un campo de batalla silencioso: poemas impresos, fotografías de escenas del crimen, mapas con chinches de colores, informes forenses subrayados hasta el exceso. Renato había dejado anotaciones al margen, casi obsesivas. Flechas. Círculos. Signos de interrogación repetidos como si el papel pudiera responderle.

—Cada vez se acerca más —dijo Mercedes, doblando con cuidado una hoja amarillenta—. No solo a nosotros… a nuestras rutinas. A nuestros errores. A lo que callamos.

Lucho se pasó una mano por el rostro, áspero de barba incipiente.

—Sabe lo que pensamos antes de pensarlo —respondió—. O, peor aún… sabe cómo pensamos cuando estamos cansados.

Ella lo miró. Había ojeras marcadas bajo sus ojos, pero también una lucidez peligrosa, afilada por el miedo.

—Y aun así —añadió— sigue un patrón.

Lucho asintió. Esa era la grieta. El único hilo del que podían tirar sin caer al vacío.

El *celular vibró sobre la mesa. Ambos se tensaron al mismo tiempo. Mercedes lo tomó primero.

Un mensaje anónimo. Número oculto.

El juego continúa.
Hoy, un verso vivo.

No había firma. No hacía falta.

Mercedes sintió cómo algo frío le recorría la espalda.

—Otra vez quiere espectáculo —susurró—. Pero esta vez… quiere que estemos presentes.

Lucho apoyó la espalda en la silla y cerró los ojos apenas un segundo. No para descansar. Para contener la rabia.

—Tenemos que anticiparnos —dijo al abrirlos—. No reaccionar como espera. Si entramos en su ritmo, estamos perdidos.

Mercedes asintió, aunque su mirada no se apartaba de su *celular. Como si, en cualquier momento, el asesino fuera a escribir de nuevo.

Y, en el fondo, sabía que lo haría.

La llamada llegó cuarenta minutos después.

Miraflores. Un callejón estrecho, casi invisible desde la avenida principal. Sin cámaras municipales. Sin comercios abiertos. Un lugar elegido con precisión quirúrgica.

La víctima se llamaba Camila Fernández Ríos, veinte años, estudiante de Literatura en San Marcos. El cuerpo yacía con una serenidad perturbadora. No había señales de lucha. No había desorden. La rosa roja estaba colocada exactamente en el centro del pecho, alineada con una obsesión geométrica que ya se había vuelto familiar.

—Es como si se hubiera quedado dormida —murmuró Herrera, ajustándose los guantes—. No hay resistencia. Nada.

Mercedes se acercó despacio. El poema estaba doblado en cuatro, colocado bajo la mano derecha de la joven.

Esta vez, la hoja era amarilla. Papel antiguo. No casual.

Leyó en voz alta, con cuidado:

Te busqué en la multitud
y solo encontré el reflejo
de quienes me miran
sin saber que yo los veo.

Lucho sintió un nudo en el estómago.

—Ya no habla de ella —dijo—. Habla de nosotros. De los testigos. De los observadores.

Mercedes asintió.

—Nos está diciendo que siempre ha estado ahí. Que nunca hemos sido los únicos que miran.

Herrera negó con la cabeza.

—Esto no es un homicidio —dijo—. Es un manifiesto.

—Y uno que exige respuesta —contestó Lucho—. Renato tiene que ver esto ya.

No tardó en aparecer la prensa.

Como siempre, Walter Nogales llegó antes de que cerraran el perímetro. Traje impecable, cámara preparada, esa sonrisa que no mostraba dientes pero mordía igual.

—Inspector Gálvez —dijo, acercándose con la naturalidad de quien se siente parte del escenario—. ¿No cree que este "Poeta del Malecón" ya los está dirigiendo? Parece que ustedes llegan siempre cuando él ya ha dicho todo.

Lucho lo miró sin disimular el desprecio.

—No es poesía —respondió—. Es terrorismo psicológico.

Nogales sonrió.

—Pero funciona —dijo—. La ciudad está pendiente. Usted, yo… todos.

Mercedes intervino, fría:

—Mientras todos miren, él se mueve.

Nogales levantó la cámara.

—Y mientras él se mueva, alguien tiene que contarlo.

Se alejó sin esperar respuesta. Lucho sintió el impulso de detenerlo. No lo hizo. Sabía que ese hombre era una pieza más del tablero. Y aún no sabía de qué lado caería.

Renato llegó con el rostro tenso. Observó el poema con una concentración casi reverencial.

—Hay algo distinto —dijo al cabo de unos minutos—. La presión del trazo varía dentro de un mismo verso. Eso no es normal.

—¿Qué significa? —preguntó Mercedes.

—Excitación —respondió—. Pero también ansiedad. Está acelerando. Y cuando acelera… comete errores.

Señaló una letra.

—Aquí. Un micro temblor. Casi imperceptible. Pero se repite en otros poemas. No es casual.

Lucho sintió una chispa de esperanza.

—Entonces podemos seguirlo.

Renato dudó.

—Sí. Pero solo si ustedes dejan de ser el centro del poema.

El silencio volvió a caer.

Esa noche, el departamento de Mercedes fue escenario de una discusión más dura que las anteriores.

—No podemos seguir así —dijo Lucho, caminando de un lado a otro—. Cada vez que reaccionamos, él avanza.

—¿Y qué propones? —preguntó ella—. ¿Que nos apartemos?

—Que dejemos de ser previsibles.

Mercedes lo miró fijamente.

—¿Y eso incluye fingir que no nos importa?

Lucho se detuvo.

—Incluye todo lo que nos expone.

Ella se acercó. No lo tocó de inmediato. Lo observó, como si evaluara una escena peligrosa.

—Estamos cansados —dijo—. Asustados. Y sí… dependemos el uno del otro más de lo que deberíamos. Pero eso también nos mantiene lúcidos.

Se rozaron las manos. Fue un contacto mínimo, pero cargado de electricidad. El deseo estaba ahí, mezclado con miedo y rabia. No se besaron. No se desnudaron. Se quedaron así, abrazados el uno al otro, respirando el mismo aire, recordándose que aún eran humanos.

El mensaje llegó pasada la medianoche.

Un vídeo.

En la pantalla, una habitación vacía. Una silla. Un espejo.

Y en el reflejo… ellos dos. En el departamento de Lucho. Revisando informes horas antes.

La voz era un susurro:

—Los observo incluso cuando creen estar solos. Cada movimiento… es un verso.

Mercedes dejó caer el teléfono.

—Ya cruzó la última línea —dijo, con la voz quebrada—. Ya no somos investigadores. Somos peones de un juego, en el que él lleva la iniciativa.

Lucho sintió algo parecido al pánico, pero lo enterró.

—Entonces vamos a cambiar el final.

Al día siguiente, siguieron una pista secundaria.

Un testigo había visto a un hombre con un cuaderno, siempre en los lugares clave. No huía. Observaba.

—Podría ser cualquiera —dijo Mercedes—. Pero también podría ser él… o alguien que trabaja para él.

Caminaron varias *cuadras. Sombras. Reflejos. El clic de una cámara los hizo girar.

Nogales otra vez.

—¿Saben? —dijo—. Empiezo a pensar que el asesino no quiere escapar.

Lucho lo miró fijamente.

—¿Y tú qué quieres, Nogales?

El periodista sonrió.

—La verdad —respondió—. Aunque queme.

Esa tarde, Renato regresó con un informe que cambió el juego.

—Los errores no son aleatorios —explicó—. Forman coordenadas. Lugares. Horarios. Está dejando un mapa oculto.

Lucho cerró los ojos.

—Entonces… se puede anticipar.

—Sí —dijo Renato—. Pero si fallan una vez más… él no volverá a escribir.

Mercedes entendió el mensaje.

—Y cuando deje de escribir… solo quedará el cuerpo.

Esa noche, mientras Lima respiraba mal, el Poeta del Malecón escribía su siguiente verso.

No había rosa aún.
No había cuerpo.

Solo una certeza:

Ellos ya no corrían detrás del poema.
Ahora caminaban dentro de él.

Pregunta abierta del Capítulo VII

Si el asesino ya no necesita matar para controlar,
si la vigilancia es su nuevo verso,
¿quién será el primero en romper el poema…
y a qué precio?

Capítulo VIII. La métrica del deseo

Lima no dormía.

Respiraba a trompicones, como un animal herido que se niega a caer. Las luces de los edificios permanecían encendidas más allá de la medianoche, ventanas como ojos abiertos, vigilantes, cómplices. La ciudad entera parecía haber aceptado, sin decirlo en voz alta, que alguien la observaba desde algún lugar elevado, tomando notas mentales, ajustando versos invisibles.

José Luis Valencia Gálvez Curibamba "Lucho" estaba de pie frente al ventanal de su despacho cuando amaneció. No había vuelto a sentarse desde la madrugada. El reflejo del vidrio le devolvía una imagen que apenas reconocía: hombros tensos, mandíbula rígida, los ojos hundidos de quien lleva días viviendo en estado de alerta permanente. El inspector no recordaba la última vez que había soñado sin sobresaltos.

Detrás de él, Mercedes permanecía sentada en silencio, revisando por tercera vez el mismo informe. No porque buscara algo nuevo, sino porque necesitaba anclarse a lo tangible. Al papel. A las palabras impresas. A cualquier cosa que no fuera la certeza creciente de que ya no cxistía una frontera clara entre su trabajo y su vida.

—Si el poema ya no necesita sangre… —murmuró ella, rompiendo el silencio— Entonces el control es el verdadero crimen.

Lucho no se giró de inmediato.

—Y el escenario —respondió— somos nosotros.

Había algo distinto en su voz. No miedo. No rabia. Una especie de aceptación tensa, peligrosa. El tipo de calma que precede a una tormenta o a una decisión irreversible.

Desde el mensaje del video, desde ese espejo en el que se habían visto reflejados sin saber que estaban siendo observados, la investigación había cambiado de naturaleza. Ya no se trataba solo de detener a un asesino. Se trataba de recuperar la intimidad, el derecho a existir sin ser convertidos en materia poética por una mente enferma.

Renato había sido claro: el asesino había encontrado una forma de dominar sin matar. La vigilancia como verso. La anticipación como rima.

Y ahora, algo más.

El deseo

El primer indicio llegó disfrazado de rutina.

Una llamada sin urgencia aparente. Un informe administrativo. Un detalle que habría pasado desapercibido en cualquier otro contexto. Pero no ahora. No con ellos.

Mercedes fue la primera en notarlo.

—Lucho… —dijo, señalando la pantalla—. Mira esto.

Era un registro de cámaras privadas, recopilado a raíz de una orden judicial general. Edificios residenciales, estacionamientos, entradas de locales. Material bruto. Horas de grabación anodina.

Hasta que no lo fue.

El fotograma mostraba a una pareja entrando en un edificio de Barranco. No había sonido. Solo imagen. El encuadre era lejano, torcido, claramente no pensado para destacar nada. Pero Mercedes reconoció la escena al instante.

—Es… —tragó saliva—. Somos nosotros.

Lucho se acercó despacio. Cada paso pesaba más de lo normal.

La fecha coincidía con una noche de la semana anterior. Recordaba ese momento con claridad incómoda: habían salido tarde de la central de policía, agotados, tensos, y habían terminado refugiándose en su departamento casi sin hablar. No había pasado nada explícito. Solo cercanía. Miradas prolongadas. Una intimidad contenida que ambos fingían no nombrar.

La cámara los captaba justo antes de entrar. Mercedes reía por algo que él había dicho. Lucho le tocaba el brazo, un gesto automático, protector.

—No es una cámara municipal —dijo él—. Es privada. Alguien pidió acceso específico a este tramo.

Renato apareció minutos después, llamado con urgencia.

—No es casual —confirmó, tras analizar el archivo—. El encuadre es torpe, pero intencional. Quería que pareciera accidental.

—¿Qué está diciendo? —preguntó Mercedes, aunque ya lo sabía.

Renato levantó la vista.

—Que ahora el poema también los escribe cuando no hay cadáver.

El silencio que siguió fue denso.

Lucho sintió algo encenderse en el pecho. No era solo furia. Era una sensación más primitiva. Territorial. El impulso de proteger lo que aún no se había atrevido a reclamar como suyo.

—Está usando nuestra cercanía —dijo—. Nuestra… tensión.

Mercedes lo miró. Esta vez no desvió la mirada.

—Porque sabe que existe.

Esa noche, decidieron no separarse.

No fue una decisión romántica. Fue estratégica. Al menos así la justificaron.

El departamento de Lucho estaba en silencio cuando cerraron la puerta. No encendieron todas las luces. El cansancio pesaba demasiado para ceremonias.

Mercedes dejó el abrigo sobre el respaldo de una silla. Se quedó de pie, observando el espacio como si lo viera por primera vez. Sabía que había cámaras en la ciudad. Sabía que podían estar siendo observados. Y, aun así, algo en ella se rebelaba contra esa vigilancia constante.

—No quiero susurrar —dijo de pronto—. No quiero actuar como si nos estuvieran viendo.

Lucho la miró. La intensidad en sus ojos le tensó el cuerpo entero.

—Puede que lo estén.

—Entonces que vean —respondió ella—. Pero que no dirijan.

Hubo un silencio. Denso. Cargado.

Lucho dio un paso hacia ella. Luego otro. No la tocó todavía.

—Mercedes… —dijo, y en su voz había una advertencia y una confesión—. Si cruzamos esto, no hay vuelta atrás.

Ella sonrió apenas. No era una sonrisa alegre. Era decidida.

—Hace tiempo que ya cruzamos —respondió—. Solo que fingimos que no lo habíamos hecho hasta ahora.

Fue ella quien acortó la distancia. El beso no fue suave. Fue urgente, contenido durante semanas, cargado de rabia, miedo y deseo reprimido. Lucho la sostuvo con fuerza, como si el mundo pudiera desmoronarse si la soltaba.

El cuerpo de Mercedes respondió sin duda. Sin cálculo.

Por primera vez desde que todo había comenzado, el poema no dictaba el ritmo.

Ellos lo hacían.

A kilómetros de allí, en una habitación sin ventanas, alguien escribía.

No sobre papel.

Sobre memoria.

Observaba patrones, respiraciones, tiempos. No necesitaba verlos desnudos para entender lo que estaba ocurriendo. La intimidad era una variable más. Un giro interesante en la estructura.

El deseo, bien utilizado, podía ser más eficaz que la sangre.

Sonrió.

El verso avanzaba.

Horas más tarde, cuando el amanecer encontró a Lima aún despierta, el *celular de Mercedes vibró.

Un solo mensaje.

Sin número.

La métrica cambia cuando el cuerpo recuerda que está vivo.
No se preocupen.
Aún no es el final del poema.

Mercedes cerró los ojos.

Lucho leyó el mensaje por encima de su hombro.

—¡*Carajo! ¡Ahora sí! —dijo él, con una calma peligrosa—. Ahora lo hemos sacado de su rutina.

Ella apoyó la frente en su pecho.

—¿Y si eso lo vuelve más letal?

Lucho la rodeó con los brazos.

—Entonces que lo intente —respondió—. Esta vez… no vamos a escribir como él quiere.

La ciudad, allá afuera, parecía contener el aliento.

El poema seguía.

Pero por primera vez, alguien más había marcado el compás.

El primer poema llegó antes de que terminaran el café.

No hubo mensaje previo. No hubo advertencia. Ningún "el juego continúa". Solo un archivo adjunto enviado a una cuenta institucional que nadie fuera del equipo debía conocer. El remitente era imposible: una cadena de caracteres sin patrón reconocible, como si el propio sistema se negara a asignarle una identidad.

Mercedes fue quien lo abrió.

No era una imagen.
No era un vídeo.

Era texto.

Un poema largo. Demasiado largo para ser casual. Demasiado cuidado para ser improvisado.

Leyó en silencio. Al principio despacio. Luego más rápido. Y al llegar al tercer párrafo, se detuvo.

—Lucho… —dijo, con la voz apenas un hilo—. Este no es para la ciudad.

Él se acercó. Leyó por encima de su hombro.

Te nombro cuando no te miran.
Cuando tu voz baja y tu pulso se acelera.
Cuando finges firmeza y tu cuerpo recuerda.

No necesito tocarte.
Ya te mueves como si yo estuviera cerca.

Y tú —El que vigila—
el que promete proteger mientras tiembla,
sabes que el deseo también deja huellas.

Todo verso tiene dos lecturas.
Una pública.
Otra íntima.

Yo leo ambas.

Lucho cerró los ojos un instante.

—Hijo de puta…

—No —corrigió Mercedes, con frialdad—. Poeta.

Renato llegó pocos minutos después. Bastó con ver el texto para entender que algo había cambiado de manera irreversible.

—Esto ya no es provocación —dijo—. Es apropiación.

—Está reclamando territorio —añadió Lucho—. Nuestras decisiones. Nuestro vínculo.

Renato asintió.

—Y algo más. La estructura es distinta. No es un poema suelto. Es parte de algo mayor. Está construyendo una obra completa. Con ustedes como eje.

Mercedes sintió un peso extraño en el vientre. No dolor. No náuseas. Algo más sutil. Una incomodidad que decidió ignorar.

Aún no.

Las siguientes cuarenta y ocho horas confirmaron el patrón.

Tres poemas más.

Cada uno más elaborado que el anterior. No enviados al azar, sino cuidadosamente dirigidos:

Uno llegó al correo personal de Mercedes, un correo que solo su madre conocía.
Otro apareció impreso, dejado dentro de un libro de guardia en la comisaría.
El tercero… fue proyectado brevemente sobre una pared del

Malecón, usando un proyector portátil, justo al amanecer. Nadie más lo vio. Solo ellos.

Ese último fue el más inquietante.

La ciudad cree que me busca.
Pero yo la leo como un cuerpo abierto.

Tú —Mercedes—
aún dudas cuando el silencio crece.
Te preguntas si el amor es distracción o ancla.

Y tú —José Luis—
aprendiste a cargar nombres largos
como si así pudieras protegerlos.

No se engañen.
Nada los ha unido más que mi mirada.

Mercedes sintió un escalofrío.

—Nos está separando —dijo—. Está sembrando duda.

—No —respondió Lucho—. Está comprobando si puede separarnos.

La presión empezó a filtrarse en lo cotidiano.

Mercedes comenzó a notar miradas donde antes no las había. Reflejos en vitrinas. Siluetas que se detenían demasiado tiempo. El sonido de pasos que parecían acompasarse con los suyos.

Lucho, por su parte, dormía mal. Soñaba con versos escritos sobre cuerpos que no reconocía. Despertaba con la sensación de haber olvidado algo importante.

Y, entre todo eso, una certeza empezó a tomar forma silenciosa en Mercedes.

Algo en su cuerpo no seguía el mismo ritmo.

No dijo nada al principio. No era el momento. La ciudad ardía. El poema avanzaba. Y el asesino estaba más cerca que nunca de lo que quería.

El golpe definitivo llegó una noche de lluvia.

Un sobre blanco fue deslizado bajo la puerta del departamento de Lucho. Sin sellos. Sin huellas aparentes.

Dentro, una sola hoja. Papel antiguo. Amarillento.

Y un poema manuscrito.

Mercedes lo sostuvo con manos firmes. Leyó en voz alta.

Cuando el verso aprende a habitar,
ya no necesita sangre.

Basta con la promesa.
Con lo que crece sin pedir permiso.

Hay vidas que comienzan antes de ser nombradas.
Y finales que se escriben demasiado tarde.

No teman.
Aún no he decidido qué hacer con ese latido.

El silencio que siguió fue absoluto.

Lucho levantó la mirada, lentamente.

—¿Latido…? —dijo.

Mercedes sintió cómo todo encajaba con una claridad aterradora.

—¡No puede saberlo! —susurró—. Yo no se lo he dicho aún a nadie…

—Mercedes… —Lucho dio un paso hacia ella—. ¿Estás diciendo…?

Ella asintió. Apenas.

—¡Sí Lucho! ¡Sí!, ¡no sé cómo lo sabe, pero sabe que estoy embarazada! —dijo Mercedes.

Lucho sintió algo romperse dentro. Miedo. Furia. Un instinto de protección brutal.

—Entonces esto se acabó —dijo, con una calma que asustaba—. Ya no es un juego. Ya no es un poema.

Mercedes lo miró. Por primera vez, no como colega. No como aliada.

Como madre.

—¡No! —corrigió—. Ahora es una guerra.

—¡Pues yo te juro, que esta guerra, no la va a ganar ese maldito cabrón! —dijo Lucho— ¡Cueste lo que cueste lo atraparemos, vivo o muerto, pero esta guerra solo tendrá unos vencedores, y seremos nosotros!

En algún lugar de Lima, el Poeta cerró el cuaderno.

Había ido demasiado lejos.

O quizá, exactamente donde quería.

El siguiente verso ya no sería solo observado.

Sería respondido.

Pregunta abierta del Capítulo VIII

Si el deseo se convierte en arma
y la vida en amenaza,
¿hasta dónde se puede llegar para proteger un verso
que aún no ha sido escrito?

Capítulo IX. La sintaxis del miedo

Lima empezó a oler distinta.

No era solo humedad ni contaminación. Era una mezcla de nervio colectivo y expectativa malsana, como si la ciudad hubiera aprendido a leer entre líneas y supiera que algo estaba a punto de romperse. Los noticieros ya no hablaban de un asesino en serie. Hablaban *del* Poeta. Con mayúscula. Con cuidado. Con miedo.

José Luis Valencia Gálvez Curibamba no veía televisión desde hacía días. No por falta de tiempo, sino por una decisión consciente: cada palabra amplificada era oxígeno para el enemigo. Sin embargo, la presión mediática se colaba igual, por las ventanas, por los pasillos, por las miradas de los agentes más jóvenes que lo observaban como si esperaran de él una respuesta que todavía no tenía.

Mercedes caminaba despacio por la central de policía aquella mañana. No por cansancio. Por prudencia. Cada paso parecía medirlo dos veces. Lucho lo notó enseguida.

—¿Te duele algo? —preguntó en voz baja, cuando quedaron a solas en el despacho.

Ella negó con la cabeza.

—No. Solo… estoy escuchando mi cuerpo más de lo normal.

No dijo protegiéndolo. No dijo protegiéndonos. Pero ambos entendieron.

Desde el poema del "latido", nada volvió a ser igual. No solo porque el asesino había cruzado una frontera intolerable, sino porque había demostrado algo todavía más inquietante: su capacidad de observación era mayor de lo que habían calculado.

—No pudo saberlo por azar —dijo Lucho—. Ni por deducción psicológica.

—Entonces hay una filtración —respondió Mercedes—. O un patrón que aún no vemos.

Renato entró en ese momento, con el rostro más pálido de lo habitual.

—Hay algo que tienen que ver.

Extendió sobre la mesa varias impresiones. Diagramas. Análisis de trazos. Superposiciones de poemas.

—He estado comparando los textos no por contenido —explicó—, sino por estructura temporal.

—Explícate —dijo Lucho.

—Los poemas no se escriben cuando se envían. Se escriben antes. A veces días antes. Hay marcas de presión que indican pausas largas, retomadas, correcciones invisibles. Este último... —Señaló el manuscrito del "latido"— fue escrito al menos una semana antes de que Mercedes supiera con certeza que estaba embarazada.

El aire se tensó.

—Eso no es posible —susurró ella.

—Lo es —respondió Renato—. Si el asesino no observa el resultado... sino el proceso.

Lucho frunció el ceño.

—¿Nos estás diciendo que nos vigila desde hace meses?

Renato dudó.

—Desde antes del primer cadáver.

El silencio que siguió fue brutal.

El siguiente movimiento del Poeta no fue un asesinato.

Fue una aparición.

A las 11:47 de la mañana, en pleno centro de Lima, un poema apareció proyectado sobre la fachada lateral de un edificio gubernamental durante exactamente treinta segundos. No hubo reivindicación. No hubo firma. Solo versos blancos sobre cemento gris.

El miedo no grita.
Aprende a conjugarse en futuro.

Vendrá.
Crecerá.
Se esconderá donde más duele.

No me busquen en la sangre.
Estoy en la espera.

Las cámaras de seguridad captaron el destello, pero no al responsable. Sin embargo, esta vez cometió un error mínimo. Imperceptible para cualquiera que no supiera qué mirar.

—Aquí —dijo Renato horas después, ampliando una imagen—. El tipo de proyector. Es antiguo. No es de uso común. Y necesita una superficie estable… y tiempo.

—¿Tiempo? —repitió Mercedes.

—Al menos cuatro minutos de preparación previa. Eso significa que estuvo allí antes. Observando. Ajustando.

Lucho sintió un cosquilleo en la nuca.

—Se confió.

—O quiso que lo viéramos —añadió Mercedes—. Pero no calculó que dejaría rastro técnico.

Era la primera fisura real.

Walter Nogales apareció esa misma tarde, como un animal atraído por la sangre que aún no corría.

—Inspector —dijo, grabadora en mano—. ¿Es cierto que el asesino ya no mata porque ustedes lo entretienen?

Lucho lo fulminó con la mirada.

—Cuidado con lo que insinúas.

Nogales sonrió, pero sus ojos estaban atentos. Demasiado.

—La ciudad se pregunta —continuó— si esto sigue siendo una investigación… o una relación peligrosa.

Mercedes dio un paso adelante.

—La ciudad debería preguntarse por qué alguien convierte el terror en espectáculo.

Nogales inclinó la cabeza.

—Porque alguien se lo permite.

Ese intercambio, breve y tenso, no pasó desapercibido para Lucho. Nogales sabía más de lo que mostraba. O estaba demasiado cerca.

Esa noche, Lucho y Mercedes no volvieron al departamento.

Por primera vez desde que todo había comenzado, aceptaron una medida extrema: un alojamiento seguro, rotativo, fuera de rutas habituales. No por miedo personal. Por estrategia.

—No quiero que este lugar se convierta en un verso —dijo Mercedes, observando la habitación neutra, sin marcas—. No quiero que él decida dónde respiramos.

Lucho se acercó, le tomó la mano.

—No lo hará.

Ella apoyó la cabeza en su hombro.

—José Luis… —dijo, usando su nombre completo por primera vez en días—. Si algo sale mal…

—No va a salir mal. Confía en mí. Ten fe.

—Escúchame —insistió—. Si tengo que desaparecer del tablero para que lo atrapen…

Él la interrumpió con firmeza.

—No. Ni se te ocurra escribir ese final.

Por primera vez, ella sonrió con tristeza.

El Poeta, mientras tanto, ajustaba su obra.

Había sentido el cambio. El leve desplazamiento del ritmo. El silencio estratégico. La retirada aparente. No lo interpretó como miedo. Lo interpretó como desafío.

Escribió de nuevo.

Esta vez, no envió el poema a ellos.

Lo dejó en un lugar público.

Un hospital.

Dentro de un libro de registros de maternidad.

Hay cuerpos que guardan secretos.
Otros los anuncian sin palabras.

No teman.
No todo final es tragedia.

Algunos son legado.

Cuando Mercedes lo leyó, sentada en una sala vacía, sintió por primera vez algo distinto al miedo.

Determinación.

—Se equivoca —dijo en voz baja—. Cree que controla la historia.

Lucho la miró.

—¿Y no es así?

Ella negó lentamente.

—No entiende algo esencial.
Los poemas pueden observar la vida.
Pero no pueden decidir por ella.

Esa noche, Renato llamó a Lucho a solas.

—Tenemos un punto —dijo—. Un lugar que se repite en las coordenadas ocultas. No como escena. Como pausa.

—¿Qué significa eso?

—Que ahí escribe. O relee. O recuerda.

Lucho cerró los ojos.

—Entonces ahí lo esperamos.

Renato dudó.

—Con una condición.

—Dime.

—Esta vez, el verso lo escriben ustedes.

Lucho colgó sin responder.

Sabía que el siguiente capítulo ya no sería de observación.

Sería de choque.

Pregunta abierta del Capítulo IX

Cuando el miedo aprende a conjugarse en futuro
y el enemigo empieza a equivocarse,
¿qué es más peligroso:
el siguiente verso…
o la decisión de responderlo?

Capítulo X. El silencio del artista

Lima no celebró la tregua.

La ciudad no sabía cómo hacerlo. Había aprendido, a fuerza de versos manchados de muerte, que el silencio no siempre significaba paz. A veces era solo la forma que tomaba el miedo cuando se quedaba sin palabras. Los noticieros hablaban de una "pausa". Los analistas repetían el término como si al pronunciarlo varias veces pudiera convertirse en verdad. Pero en las calles, en los buses y diversos transportes, en los cafés abiertos hasta tarde, nadie bajaba la voz al decirlo.

El Poeta no había vuelto a matar.

Y eso, lejos de tranquilizar, tensaba el aire como un hilo a punto de romperse.

José Luis Valencia Gálvez Curibamba llevaba tres noches sin dormir más de dos horas seguidas. No por insomnio puro, sino por una vigilancia constante que ya no distinguía entre trabajo y respiración. Cada sonido le parecía un código. Cada sombra, una posibilidad. El cuerpo de un policía aprende a leer señales antes que la mente, y el suyo estaba en alerta permanente.

Mercedes lo observaba en silencio desde la otra punta del despacho improvisado. No hacía falta decir nada. Había aprendido a reconocer en él ese estado particular: cuando Lucho no estaba cansado, sino contenido. Cuando la calma no era descanso, sino cálculo.

—No está muerto —dijo él de pronto, sin mirarla.

Mercedes cerró el archivo que tenía entre manos.

—Nunca pensamos que lo estuviera.

—No. Pero ahora está… quieto. —Se pasó una mano por la cara—. Y eso no encaja con su patrón.

Renato, apoyado contra la pared, asintió.

—Todo creador necesita ritmo —dijo—. Pero también contemplación.

—Eso es justo lo que me preocupa —respondió Lucho—. No está huyendo. Está mirando su obra.

El mensaje llegó a las 06:12 de la mañana.

No fue un poema largo. No fue elaborado. No tuvo metáforas ni juegos de ritmo. Precisamente por eso fue devastador.

El *celular institucional de Lucho vibró una sola vez. Número oculto. Mensaje de texto plano.

Todo artista que se precie necesita detenerse a contemplar lo
que ha creado.
La pausa no es el final.
Es respeto por la obra.

Disfruten del silencio mientras dure.
Yo lo haré.

Lucho leyó el mensaje tres veces. No porque no lo entendiera, sino porque necesitaba asegurarse de que no había dobles capas ocultas. Esta vez no las había. El Poeta no estaba jugando con símbolos.

Estaba anunciando.

Mercedes se acercó despacio y leyó por encima de su hombro. Sintió un escalofrío recorriendo la espalda, no de miedo, sino de reconocimiento. Aquella frase no era una amenaza impulsiva. Era una declaración de método.

—No es arrogancia —dijo ella—. Es convicción.

—Exacto —respondió Renato—. Cree que ya ha creado algo que merece ser admirado.

—Y nosotros somos parte del público —añadió Lucho con amargura—. No las víctimas. Aún.

El silencio que siguió fue denso. No había cadáveres nuevos. No había escenas que analizar. No había versos frescos manchados de sangre. Y, sin embargo, nunca habían sentido al enemigo tan cerca.

—No podemos esperar —dijo Mercedes al fin—. Si él está observando, nosotros también.

—Eso ya lo sabe —respondió Lucho—. Lo que no sabe es cómo vamos a observar.

Renato se enderezó.

—He seguido la pista técnica del proyector —dijo—. El modelo es antiguo, sí, pero no raro en mercados de segunda mano. Sin embargo… hay algo más.

Colocó sobre la mesa una serie de mapas impresos. Lima, ampliada por zonas. Marcas circulares, líneas finas, puntos de intersección.

—No son escenas del crimen —explicó—. Son lugares de permanencia. Zonas donde la señal del *celular del Poeta —cuando envía— coincide con lapsos largos de inmovilidad.

Mercedes frunció el ceño.

—¿Estás diciendo que…?

—Que no se mueve cuando escribe —asintió Renato—. Se queda. Observa. Relee.

Lucho clavó la mirada en el mapa.

—¿Dónde?

Renato señaló un punto concreto.

—Barranco. Límite con Chorrillos. Cerca de una antigua casa familiar reconvertida en hospedaje.

Lucho sintió una presión en el pecho.

—Ahí fue donde… —se detuvo—. Donde nos grabaron entrando aquella noche.

Mercedes lo entendió al instante.

—No es solo un lugar de escritura —dijo—. Es un punto de observación emocional.

El Poeta no había elegido ese sitio por comodidad. Lo había hecho porque allí había capturado algo íntimo. Algo que ahora estaba integrando en su obra.

—Tenemos que ampliar el radio —dijo Lucho—. Discretamente. Sin hacer ruido.

—Y sin que él lo note —añadió Mercedes—. Si siente que invadimos su pausa, la romperá.

La estrategia cambió ese mismo día.

Nada de operativos visibles. Nada de despliegues llamativos. La investigación entró en una fase quirúrgica. Seguimientos cruzados. Análisis de compras antiguas. Registros de hospedajes. Movimientos mínimos que, combinados, podían dibujar un perfil más claro.

Fue entonces cuando Chiclayo entró en escena.

Ricardo Valencia Gálvez Curibamba no esperaba la llamada.

Estaba terminando su turno en la comisaría de la *P.N.P. de El Porvenir, con el uniforme arrugado y el cansancio habitual de quien trabaja en una ciudad donde el calor se pega a la piel como una segunda ropa. Chiclayo seguía siendo hermosa, sí, pero también áspera. Y Ricardo la conocía de memoria.

—¿Lucho? —dijo al escuchar la voz de su hermano—. ¿Todo bien?

El silencio al otro lado duró un segundo de más.

—¡No! —respondió José Luis—. Pero necesito tu ayuda.

Ricardo se enderezó al instante.

—Dime dónde.

No hicieron falta explicaciones largas. Bastaron las palabras clave. Poemas. Muertes. Vigilancia. Una pausa que no era pausa.

—Quiero que revises algo —dijo Lucho—. Registros antiguos. Personas con estudios literarios, religiosos o ambas cosas. Gente que haya salido de Lima en los últimos años y que tenga vínculos con la costa norte.

Ricardo exhaló despacio.

—Eso es… amplio.

—Lo sé —respondió Lucho—. Pero confío en tu olfato.

Ricardo sonrió, aunque Lucho no podía verlo.

—Siempre dijiste que el mío era mejor que el tuyo.

—Siempre lo ha sido.

La llamada terminó sin despedidas. No las necesitaban.

Esa misma tarde, Mercedes recibió a María, su hermana, en el aeropuerto internacional Jorge Chávez de Lima.

María, su hermana menor, venía de Arequipa con una maleta pequeña y los ojos demasiado atentos para alguien que decía venir "solo a pasar unos días en compañía de su hermana mayor". María siempre había sido así: observadora, silenciosa, con una intuición que incomodaba.

—No me mires así —dijo al abrazar a Mercedes—. Sabía que algo pasaba.

Mercedes no respondió de inmediato. La sostuvo un segundo más de lo habitual.

—Te quedarás conmigo —dijo al fin—. Pero no preguntes demasiado.

María sonrió con suavidad.

—Nunca lo hago. Solo escucho.

Durante los días siguientes, la ciudad siguió sin cadáveres.

Los titulares empezaron a especular. Algunos hablaban de huida. Otros, de suicidio. Los más osados insinuaban que el Poeta había ganado.

Lucho no leía nada.

Mercedes sí. No por morbo, sino por necesidad. Buscaba patrones en el discurso público. Palabras que se repetían. Ideas que se filtraban.

—Está funcionando —dijo una noche—. El silencio lo está mitificando.

—Por eso va a romperlo —respondió Lucho—. No soportará que otros escriban el final.

Ricardo llamó al tercer día.

—Encontré algo —dijo sin rodeos—. No es una certeza. Es una anomalía.

Lucho activó el altavoz. Mercedes se acercó.

—Habla.

—Hay un ex profesor de literatura —explicó Ricardo—. Trabajó años en Lima. Se mudó a Chiclayo hace tiempo. Abandonó la docencia tras un escándalo menor. Nada criminal. Solo… obsesión con una alumna. Nada probado.

Mercedes sintió un nudo en el estómago.

—¿Dónde está ahora?

—No lo sé —respondió Ricardo—. Pero su nombre aparece vinculado a círculos religiosos alternativos. Grupos de oración. Rosarios colectivos.

Lucho cerró los ojos.

—¿Rosarios…?

—Sí —confirmó Ricardo—. No te digo que sea él. Pero es una línea.

Lucho colgó sin responder.

—No podemos adelantarnos —dijo Mercedes—. Aún no hay cadáveres.

—Los habrá —respondió él—. Y cuando vuelvan… algo será distinto.

Tenía razón.

La pausa duró siete días.

El octavo amaneció con sirenas.

El cuerpo fue hallado en un parque pequeño, casi invisible, en una zona residencial tranquila. Una mujer joven. Veintitantos. Sin signos de lucha. Sin violencia excesiva. El asesinato había sido limpio.

Pero la escena…

Lucho sintió el golpe en el estómago al verla.

La rosa roja estaba allí, como siempre. Sobre el pecho. Impecable.

El poema, doblado con cuidado, reposaba a un lado.

Pero las manos…

Las manos de la víctima estaban juntas, como en oración. Entre los dedos, un rosario de cuentas gastadas.

Mercedes se llevó la mano a la boca.

—Ha cambiado el rito —susurró.

Lucho sintió un frío distinto. No era sorpresa. Era certeza.

—No —corrigió—. Ha añadido culpa.

El Poeta había vuelto.

Y esta vez, algo en su obra no encajaba.

Había cometido un error.

No lo sabían aún.

Pero ese rosario no era solo un símbolo.

Era una huella.

Pregunta abierta del Capítulo X

Cuando el silencio se rompe
y el ritual se transforma,
¿es el error del asesino
el principio del final…
o solo el inicio de un acto aún más cruel?

Capítulo XI. El rezo de los cuerpos

El parque quedó en silencio cuando levantaron el cuerpo.

No era un silencio natural, sino uno impuesto, como si incluso los árboles comprendieran que aquel lugar había sido profanado por algo más que una muerte. El rosario fue guardado en una bolsa de evidencias con un cuidado casi reverencial. Nadie dijo nada mientras lo hacían. No hacía falta.

Lucho se quedó observando el espacio vacío donde había estado el cadáver. La hierba aplastada, la marca tenue de las rodillas, el leve surco donde la rosa había descansado. Todo hablaba de preparación. De intención.

—No improvisó —dijo al fin—. Esto estaba ensayado.

Mercedes asintió lentamente.

—Y no es fe lo que hay aquí —añadió—. Es escenografía.

Renato apareció a su lado con el poema ya plastificado. No lo leyó en voz alta. No era necesario. El texto ardía incluso en silencio.

Cuando el perdón se coloca entre las manos
el cuerpo aprende a obedecer.

No todos rezan por salvación.
Algunos lo hacen para ser vistos.

—No es religioso —dijo Renato—. Es performativo.

—Como todo lo demás —respondió Lucho—. Usa símbolos que no le pertenecen.

El rosario, sin embargo, introducía una variable nueva. No solo por lo que representaba, sino por quién podía tener acceso natural a él. No era un objeto comprado al azar. Las cuentas estaban gastadas por el uso. Había devoción allí. O al menos, una imitación prolongada de ella.

—Tenemos que mirar fuera de Lima —dijo Mercedes de pronto.

Lucho la miró.

—Chiclayo —añadió ella—. Arequipa. Lugares donde la fe no es adorno, sino costumbre.

Renato no discutió.

—Ya he cruzado datos —dijo—. Y hay algo que no me gusta.

Extendió varias fotografías sobre el capó de un vehículo policial. Eran víctimas anteriores. Mujeres jóvenes. Rasgos distintos, contextos diferentes. Pero ahora, vistos juntos, algo comenzaba a emerger.

—Miren las manos —señaló.

Lucho se inclinó. Mercedes también.

—No estaban juntas —dijo él.

—No —confirmó Renato—. Pero estaban colocadas. Siempre visibles. Nunca caídas de forma natural.

Mercedes sintió un escalofrío.

—Está evolucionando el gesto —dijo—. Como si buscara la postura perfecta.

—O como si aún no estuviera satisfecho —añadió Lucho.

Esa noche, Ricardo llamó desde Chiclayo.

—Tengo algo más —dijo sin preámbulos—. No es un nombre. Es un patrón de movimiento.

Lucho activó el altavoz. Mercedes se sentó.

—Te escuchamos.

—Dos de las víctimas recientes —continuó Ricardo— pasaron por Chiclayo en los últimos seis meses. No se conocían entre ellas. No se quedaron mucho tiempo. Pero ambas asistieron a reuniones abiertas. De lectura. De reflexión.

—¿Religiosas? —preguntó Mercedes.

—No exactamente —respondió Ricardo—. Eran encuentros híbridos. Literatura, espiritualidad, sanación emocional. Nada oficial.

Lucho cerró los ojos.

—Un lugar donde nadie sospecha —murmuró—. Donde observar es fácil.

—Exacto —dijo Ricardo—. Y donde el rosario no desentona.

La llamada terminó con una promesa tácita: Ricardo seguiría escarbando. Sin ruido. Sin levantar sospechas.

En Lima, María observaba todo desde un segundo plano.

No intervenía en las conversaciones técnicas. No hacía preguntas directas. Pero escuchaba. Y cuando hablaba, lo hacía con precisión quirúrgica.

—No mata cuando quiere —dijo una noche, mientras cenaban en silencio—. Mata cuando necesita reafirmarse.

Lucho levantó la mirada.

—Explícate.

—Cuando ustedes avanzan —continuó ella—, él responde con escena. Cuando se sienten cerca, introduce algo nuevo. El rosario no es fe. Es desafío.

Mercedes la miró con atención.

—¿Qué tipo de desafío?

María dudó un segundo.

—Uno íntimo —dijo al fin—. No hacia la ciudad. Hacia ustedes.

El Poeta volvió a escribir esa misma madrugada.

Esta vez, el mensaje llegó solo a Lucho:

Inspector,

hay rezos que no piden perdón,
solo atención.

Usted entiende de promesas.
De proteger lo que aún no puede defenderse.

No se apresure.

La obra necesita tiempo.

Ninguna casa

se puede empezar

por el tejado.

Pues antes de llegar

a verla terminada,

Esta se habría

venido abajo.

Lucho apretó el *celular con fuerza.

—Nos conoce demasiado —dijo.

—No —corrigió Mercedes—. Cree que nos conoce.

Renato entró con una expresión distinta. No triunfal. No alarmada. Concentrada.

—El rosario —dijo—. No es genérico. Las cuentas son de fabricación artesanal. He visto modelos así solo en el sur.

Mercedes sintió un vuelco en el estómago.

—Arequipa…

—O zonas cercanas —confirmó Renato—. No es una prueba. Pero es un vector.

La pausa había terminado.

El Poeta había vuelto a matar, pero había dejado algo atrás. No solo un símbolo nuevo, sino un rastro emocional más torpe. Estaba impaciente. Su obra avanzaba, sí, pero ya no era intocable.

Lucho lo sintió con claridad por primera vez.

—Está cerca del final —dijo—. Y lo sabe.

Mercedes apoyó una mano sobre su vientre, casi sin darse cuenta.

—Entonces nosotros también.

A lo lejos, Lima seguía respirando con dificultad.

El poema avanzaba.

Pero ahora, cada verso dejaba huella.

Pregunta abierta del Capítulo XI

Cuando el asesino comienza a repetir símbolos
y la fe se convierte en máscara,
¿es el miedo lo que lo empuja a arriesgar más…
o la certeza de que el final se acerca?

Capítulo XII. El verso que se delata

Lima amaneció con un cielo bajo, plomizo, como si la ciudad entera cargara el peso de una culpa que no le pertenecía del todo. El tráfico rugía con su violencia habitual, pero había algo distinto en el aire: una tensión contenida, un murmullo invisible que recorría las calles como una corriente subterránea. El Poeta había vuelto a matar, sí. Pero esta vez había dejado más que un cuerpo. Había dejado una grieta.

José Luis Valencia Gálvez Curibamba llevaba horas sin moverse del despacho. El café se había enfriado dos veces. Los informes se acumulaban sobre la mesa, pero su mirada regresaba siempre al mismo punto: la fotografía ampliada del rosario. Las cuentas artesanales. El desgaste irregular. El nudo final hecho a mano.

No era un objeto anónimo.

—No es solo un símbolo —dijo al fin, rompiendo el silencio—. Es una pertenencia emocional.

Mercedes levantó la vista desde el tablero de coordenadas. Tenía el rostro más pálido de lo habitual, pero sus ojos estaban firmes, concentrados.

—Y eso es peligroso —respondió—. Porque cuando alguien usa algo personal en una escena, deja de controlar todas las variables.

Renato asintió desde el fondo de la sala.

—Exacto. Hasta ahora, el Poeta había sido clínico. Calculador. Pero esto… —señaló la imagen— esto es apego. Y el apego siempre traiciona.

Lucho respiró hondo. Cogió su *celular. Dudó apenas un segundo antes de marcar.

—Ricardo —dijo cuando la llamada se conectó—. Necesito que vengas a Lima.

Hubo un silencio breve al otro lado.

—Dame doce horas —respondió su hermano—. Y dime dónde empezar.

Ricardo Valencia Gálvez Curibamba llegó a Lima de madrugada, con una mochila al hombro y la mirada alerta de quien no entra a una ciudad ajena, sino a un escenario hostil. Tenía treinta y cinco años, el pelo castaño siempre un poco rebelde, ojos verdes que no se perdían detalle alguno y una complexión atlética que delataba disciplina. Medía casi un metro noventa, y caminaba con la seguridad tranquila de quien ha aprendido a observar antes de actuar.

Lucho lo esperaba en la central de policía.

El abrazo fue breve, fuerte, sin palabras innecesarias.

—Estás más delgado —dijo Ricardo, separándose—. Y más cansado.

—Tú sigues igual de directo —respondió Lucho, esbozando una sonrisa cansada—. Ven. Te presento al equipo.

Mercedes fue la primera.

—Mercedes Marín —dijo ella, extendiendo la mano—. Gracias por venir.

Ricardo la miró apenas un segundo más de lo protocolario.

—Ricardo Valencia —respondió—. He oído mucho de ti.

—Espero que nada bueno —replicó ella con una media sonrisa.

Fue entonces cuando María entró en la sala.

María Marín Mogollón.

Treinta y tres años. Pelo negro, largo, liso. Ojos azules que contrastaban con la seriedad de su expresión. Medía un metro setenta y cinco, tenía un cuerpo bonito y formado, pero no había en ella nada ostentoso. Vestía sencillo. Elegante sin buscarlo. Había algo en su manera de moverse —Una mezcla de timidez y firmeza— que la hacía destacar sin querer.

Ricardo se quedó inmóvil un segundo.

María levantó la vista. Sus miradas se cruzaron.

El mundo siguió girando, pero algo se detuvo entre ellos.

—María —dijo Lucho—. Mi cuñada… bueno —se corrigió—, la hermana de Mercedes.

—Encantada —dijo ella, tendiéndole la mano.

Ricardo cogió su mano, sus dedos se cerraron con suavidad, pero no la soltó de inmediato.

—El gusto es mío —respondió—. Mucho.

María bajó la mirada, sonrojada.

Mercedes lo notó.

Lucho también.

Y, por primera vez en días, algo parecido a la normalidad se coló en aquella habitación cargada de muerte.

Ricardo se integró al equipo con naturalidad. No imponía su presencia. Observaba. Escuchaba. Tomaba notas mentales. Su experiencia en la *P.N.P., en la comisaría de El Porvenir, en Chiclayo, le había enseñado a leer los silencios tanto como las palabras.

—El Poeta está cansado —dijo tras revisar los últimos informes—. No físicamente. Mentalmente.

—¿Por qué lo dices? —preguntó Renato.

—Porque ha empezado a repetirse —respondió Ricardo—. El rosario. La rosa. La postura. Está buscando una reacción concreta.

—¿De nosotros? —preguntó Mercedes.

—No —negó él—. De sí mismo. Necesita convencerse de que sigue teniendo el control.

Lucho sintió un escalofrío.

—Eso significa que podemos empujarlo.

Ricardo asintió.

—Pero con cuidado. Cuando alguien empieza a perder el control, o comete errores… o se vuelve impredecible.

El mensaje llegó esa misma noche.

No a Lucho.

No a Mercedes.

Llegó a una cuenta secundaria, antigua, vinculada a un foro literario cerrado que apenas se usaba ya.

Ese fue el error.

Renato lo detectó casi de inmediato.

—Este canal no estaba en nuestro radar principal —dijo—. Pero tampoco es público. Es… selectivo.

Lucho se acercó.

—¿Qué dice?

Renato leyó en voz alta:

Todo creador necesita detenerse.
Mirar su obra.
Admirar el equilibrio entre forma y caos.

No confundan la pausa con el final.

El silencio también escribe.

Ricardo frunció el ceño.

—Quiere que pensemos que se ha ido —dijo—. Pero no se ha ido.

—No —respondió Mercedes—. Está observando si respiramos.

María habló desde el fondo, con voz suave pero firme.

—Y mientras tanto… nos mide.

Todos la miraron.

—¿Cómo? —preguntó Lucho.

—Por lo que hacemos cuando creemos tener respiro —respondió ella—. Ahí es donde se delata la verdadera naturaleza de alguien.

Ricardo la observó con atención renovada.

El error irreversible no tardó en revelarse.

Renato lo encontró en los metadatos del mensaje. Una firma microscópica. Un patrón de codificación obsoleto. Algo que ya no se usaba… salvo en determinados entornos.

—Esto no es Lima —dijo—. Y no es reciente.

—¿Entonces? —preguntó Lucho.

—Entonces escribió esto desde un lugar que ya conocemos —respondió Renato—. Un lugar asociado a uno de los puntos de pausa del mapa oculto.

Ricardo sonrió por primera vez.

—Se confió —dijo—. Pensó que su obra era intocable.

Mercedes apoyó una mano sobre su vientre.

—Y no lo es.

Lucho sintió cómo algo se ajustaba dentro de él. Como si, por primera vez desde el inicio, el poema empezara a perder fuerza.

—Prepárense —dijo—. La trampa está casi cerrada.

A lo lejos, en algún lugar que ya no era tan invisible, el Poeta releía su obra.

Y por primera vez, no estaba seguro de haber elegido bien el verso.

Pregunta abierta del Capítulo XII

Cuando el creador se detiene a admirar su obra
y cree que el silencio lo protege,
¿qué es lo que lo traiciona primero:
la técnica…
o el orgullo?

El silencio no volvió de golpe.
Se deslizó.

Como una marea baja que deja al descubierto lo que siempre estuvo ahí, pero nadie quiso mirar.

Lucho lo sintió antes de que sonara el *celular. Ese presentimiento sordo, casi físico, que ya no venía acompañado de sorpresa, sino de una certeza amarga: había vuelto. El Poeta nunca se iba del todo. Solo tomaba distancia. Medía el pulso de la ciudad. El de ellos.

Mercedes estaba sentada frente a la ventana, con las manos apoyadas sobre el vientre, observando cómo Lima amanecía sin convicción. Su embarazo avanzaba con una serenidad extraña, como si el cuerpo hubiera decidido proteger la vida que crecía dentro con una calma que desafiaba al caos exterior. Había días en los que el miedo la atravesaba sin aviso. Otros, como aquel, en los que una fuerza inesperada la sostenía desde dentro.

—Ha vuelto, ¿verdad? —dijo sin girarse.

Lucho no respondió de inmediato. No hacía falta. El sonido de su *celular sobre la mesa terminó de confirmar lo que ambos sabían.

La escena estaba en un descampado a las afueras de la ciudad. Un lugar sin nombre, sin tránsito, sin historia visible. Precisamente por eso.

La joven tenía poco más de veinte años. El rostro aún conservaba una expresión indefinible, como si la muerte la hubiera sorprendido en mitad de un pensamiento. La rosa roja reposaba sobre su pecho, intacta, fresca. Las manos no estaban en posición de rezo esta vez. Estaban abiertas. Vacías.

El poema, colocado a un lado del cuerpo, no estaba escrito a mano.

Era una impresión limpia, cuidada. Un fragmento reconocido por todos.

Renato fue el primero en decirlo en voz alta, aunque todos lo supieron al mismo tiempo.

—Es César Vallejo.

Mercedes sintió un escalofrío que le recorrió la espalda.

—Los Heraldos Negros —susurró.

Lucho leyó el texto despacio, como si al hacerlo pudiera medir el alcance del gesto.

"Hay golpes en la vida, tan fuertes… ¡Yo no sé!
Golpes como del odio de Dios; como si ante ellos
la resaca de todo lo sufrido
se empozara en el alma… ¡Yo no sé!"

Nadie habló durante varios segundos.

Aquello ya no era solo provocación.
Era una declaración.

—Está dejando de escribir —dijo Renato al fin—. O peor: está diciendo que ya no necesita hacerlo.

Mercedes cerró los ojos un instante.

—Está usando palabras que no son suyas porque siente que las suyas ya no bastan.

Lucho asintió con lentitud.

—O porque quiere que lo entendamos todos. Sin esfuerzo. Sin claves.

El Poeta había cambiado el lenguaje. Y con él, el juego.

El cerco comenzó a estrecharse desde dentro.

No fue una gran revelación. No hubo una prueba irrefutable, ni una confesión espontánea. Fue algo más sutil. Más peligroso.

El pasado empezó a hablar a través de pequeñas fisuras.

Ricardo llevaba días observando sin decir nada. Su forma de trabajar no era frontal. Nunca lo había sido. Miraba los gestos, las ausencias, los silencios que se repetían. Había aprendido en Chiclayo que las verdades más incómodas no gritan. Se filtran.

María lo notó antes que nadie.

—Estás diferente —le dijo una noche, mientras compartían un café que ya se había enfriado—. Más callado.

Ricardo la miró con esa mezcla de ternura y gravedad que había ido creciendo entre ellos sin que ninguno lo nombrara del todo.

—Estoy encajando piezas —respondió—. Y no me gusta el dibujo que empieza a salir.

María no insistió. No hacía falta. Ella también había empezado a ver cosas.

Gestos demasiado interesados. Comentarios que parecían casuales, pero no lo eran. Alguien que siempre estaba cerca… demasiado cerca.

—Hay alguien —dijo ella con suavidad— que se repite en todas las historias. No en los informes. En los márgenes.

Ricardo levantó la mirada.

—¿Quién?

María dudó apenas un segundo.

—Alguien que no mira a las víctimas… sino a ustedes.

El nombre no se dijo.
Todavía no.

Mercedes empezó a sentir el peso del embarazo de una forma distinta. No solo física. Emocional.

Había noches en las que despertaba sobresaltada, con la mano instintivamente sobre el vientre, como si temiera que el mundo pudiera alcanzarlo incluso allí. Lucho la abrazaba en silencio, consciente de que ya no solo se trataba de ellos dos.

—Está escribiendo para nosotros —dijo ella una madrugada—. Ya no le importa la ciudad.

—Nunca le importó —respondió Lucho—. Solo necesitaba público.

Mercedes negó con la cabeza.

—No. Ahora necesita testigos.

El uso de César Vallejo no era casual. "Los Heraldos Negros" hablaba de golpes inevitables, de un dolor que no se explica, que no se justifica. El Poeta se estaba colocando en el lugar del destino. Del castigo.

—Se cree elegido —dijo Renato en una reunión posterior—. O peor: necesario.

Ricardo escuchaba en silencio. Tomaba notas mentales. Algo no encajaba del todo.

—Hay algo más —intervino al fin—. Vallejo no es solo un poeta. Es memoria. Es herida colectiva. El que ha elegido ese texto sabe lo que significa en este país.

—¿Sugieres que no es solo cultura? —preguntó Lucho.

—Sugiero que es personal —respondió Ricardo—. Muy personal.

La relación entre Ricardo y María ya no pasaba desapercibida. No había gestos exagerados ni declaraciones públicas, pero había miradas que se buscaban, silencios compartidos, una complicidad que se hacía evidente incluso en medio del trabajo.

Mercedes los observaba con una mezcla de ternura y preocupación.

—Cuídense —les dijo un día, casi como una advertencia—. El Poeta se alimenta de vínculos.

María sonrió con tristeza.

—Eso lo sé —respondió—. Pero también sé que los vínculos son lo único que nos mantiene humanos.

Ricardo no dijo nada, pero apretó ligeramente la mano de María bajo la mesa.

El error del Poeta no fue el poema.

Fue la elección de la víctima.

La joven había tenido contacto directo —aunque breve— con alguien del entorno más cercano al equipo. No era una relación evidente. No aparecía en ningún informe inicial. Pero estaba ahí.

Ricardo lo vio claro cuando cruzó los últimos datos.

—Aquí —dijo, señalando una ficha—. Este nombre aparece antes. No como sospechoso. Como facilitador.

Lucho sintió cómo algo se tensaba en su interior.

—¿Estás seguro?

—Lo suficiente —respondió Ricardo—. Y hay más. No solo estuvo cerca de ella. Ha estado cerca de casi todas. No en el lugar del crimen. Antes. Siempre antes.

Mercedes sintió un nudo en el estómago.

—El Poeta no caza —dijo—. Recluta.

El silencio que siguió fue distinto a todos los anteriores. No era desconcierto. Era reconocimiento.

El pasado ya no susurraba.
Ahora hablaba con claridad.

—Está dentro —dijo Lucho al fin—. Ha estado siempre dentro.

Y por primera vez desde que todo empezó, no hubo miedo en su voz.

Solo determinación.

Aquella noche, Mercedes sintió al bebé moverse con fuerza. Una sacudida inesperada, casi urgente. Se llevó la mano al vientre y sonrió, con lágrimas contenidas.

—No te preocupes —susurró—. Ya casi termina.

Lucho la abrazó por detrás, apoyando la frente en su hombro.

—Sí —dijo—. El poema está llegando al último verso.

En algún lugar de la ciudad, el Poeta escribió por última vez sin darse cuenta de que ya no controlaba el ritmo. Había hablado demasiado. Había mostrado su herida.

Y cuando el pasado decide nombrarse,
el final deja de ser una posibilidad
para convertirse en una cuenta atrás.

Pregunta abierta del Capítulo XIII

Cuando el asesino deja de escribir con su voz
y toma prestadas las palabras del dolor colectivo,
¿está buscando comprensión…
o despidiéndose de la máscara que lo protegía?

Capítulo XIV. El pozo de los deseos

El asesinato no tuvo escenario.

Tuvo intención.

Eso fue lo primero que comprendió Lucho cuando leyó el informe preliminar: no había un patrón, ni un ritual reconocible, no había continuidad visible. El Poeta había roto su propia gramática. Ya no necesitaba coherencia. Solo presencia.

—Está matando para recordar que puede —dijo, cerrando la carpeta—. No para decir nada.

Mercedes estaba sentada frente a él, con una mano apoyada sobre el vientre y la otra sosteniendo una taza que ya no bebía. Desde hacía días sentía una presión distinta en el pecho, una mezcla de urgencia y lucidez que no le pertenecía solo a ella.

—No —corrigió—. Está matando para que no olvidemos que sigue aquí.

Los asesinatos se sucedían sin aviso previo. Mujeres jóvenes, edades distintas, contextos distintos. Algunas eran halladas en espacios públicos; otras, en habitaciones cerradas sin signos de entrada forzada. En unas había rosa. En otras, no. En unas había texto. En otras, silencio.

—No busca reconocimiento estético —dijo Renato—. Busca omnipresencia.

Ricardo asentía en silencio. Había dejado de tomar notas visibles. Ahora todo lo guardaba en la cabeza, como si escribir fuera concederle al asesino una ventaja.

—Se ha liberado de su propia obra —añadió—. Eso es peligroso.

—¿Por qué? —preguntó María.

Ricardo la miró.

—Porque cuando alguien deja de necesitar forma... solo le queda el impulso.

El mensaje llegó una mañana sin ruido.

No hubo llamada anónima.
No hubo correo electrónico.
No hubo provocación directa.

Un monje del Monasterio de Santa Rosa de Lima encontró una carta doblada con cuidado, apoyada junto al pozo de los deseos, entre monedas oxidadas y papeles húmedos. No tocó nada. No rezó. Llamó.

Cuando Lucho y Mercedes llegaron, el lugar estaba acordonado con una discreción casi reverencial. El pozo permanecía intacto, como si la fe misma hubiese decidido no intervenir.

La carta estaba escrita a mano.

Letra firme.
Sin adornos.
Sin verso.

Mercedes la leyó en silencio.

No escribo para provocar.
Escribo para cerrar.

Han buscado al Poeta en la sangre.
En los cuerpos.
En los símbolos.

Nunca entendieron que la obra era ustedes.

Cada paso que dan me acerca.
Cada duda los define.

El pozo no concede deseos.
Solo devuelve lo que uno arroja.

Yo ya dejé lo mío.
¿Y ustedes?

Mercedes dobló la carta con cuidado. No temblaba.

—Ya no se esconde —dijo—. Está marcando territorio.

Lucho observó el pozo. El fondo oscuro. Las monedas inmóviles.

—No —respondió—. Está diciendo que este es su final… o el nuestro.

El impacto fue inmediato.

La carta no se filtró a la prensa, pero el rumor sí. El monasterio. El pozo. El mensaje. Lima reaccionó con una mezcla de miedo antiguo y superstición urbana. La fe y el horror siempre habían compartido espacio en la ciudad.

—Ha elegido un lugar donde no se grita —dijo Renato—. Donde se susurra.

—Y donde todos creen que alguien escucha —añadió Mercedes.

Ricardo revisó las imágenes de seguridad.

—Hay algo —dijo al fin—. No aparece en cámara. Pero sabía exactamente dónde colocar la carta. El ángulo. La visibilidad. Eso no se improvisa.

—Conoce el lugar —concluyó Lucho—. O lo ha estudiado con tiempo.

—O alguien se lo enseñó —dijo María, casi en un murmullo.

Nadie la contradijo.

El embarazo avanzaba.

Mercedes comenzaba a sentir el peso real del tiempo. No solo el biológico. El narrativo. Todo parecía empujar hacia un cierre que aún no se había escrito del todo.

—No voy a apartarme —dijo una noche—. No ahora.

—No te lo voy a pedir —respondió Lucho—. Pero no te voy a perder.

Ella lo miró con firmeza.

—Entonces atrapémoslo.

El cerco se estrechó sin anuncios.

Ricardo conectó los últimos puntos del pasado: talleres, encuentros, espacios donde el asesino no se mostraba como amenaza, sino como escucha. Un facilitador. Un acompañante. Alguien que sabía hacer sentir vistas a las mujeres que luego morirían.

—No las elegía por debilidad —dijo María—. Las elegía por necesidad.

—Y porque nadie las vigilaba —añadió Mercedes—. Excepto él.

El nombre volvió a aparecer.

Esta vez, sin margen.

—Aquí está —dijo Ricardo—. No es una hipótesis. Es un trayecto.

Lucho cerró los ojos un instante.

—Entonces no tardará.

—No —respondió Ricardo—. Porque sabe que estamos cerca.

El último asesinato antes del cierre no tuvo poema.

Solo una rosa marchita.

Y una frase escrita con bolígrafo, torpe, como si la mano ya no obedeciera igual:

El final no es silencio.
Es revelación.

Mercedes sintió al bebé moverse con fuerza. Una sacudida clara, viva.

—Lo siente —susurró—. Sabe que estamos listos.

Lucho le tomó la mano.

—Y esta vez —dijo—, no escribirá el último verso.

En algún lugar de Lima, el Poeta comprendía por primera vez que ya no caminaba solo. Que cada paso tenía eco. Que el pozo no devolvía deseos… sino verdades.

Y el cerco, lento pero firme, se cerraba.

Pregunta abierta del Capítulo XIV

Cuando el asesino deja de seguir un patrón
y elige hablar sin metáforas,
¿es porque ha aceptado el final…
o porque cree que aún puede reescribirlo?

Capítulo XV. El eco de lo inevitable

El silencio no llegó después del último asesinato.
Llegó antes.

Lucho lo notó al amanecer, cuando Lima parecía contener la respiración. No era una quietud normal. No era la calma posterior al miedo. Era una pausa tensa, como si la ciudad supiera —Sin saber cómo— que algo estaba a punto de romperse.

El Poeta había dejado de esconderse.
Y, peor aún, había dejado de explicarse.

Eso era lo verdaderamente peligroso.

Durante años, Lucho había aprendido que incluso los asesinos más crueles necesitaban una narrativa. Un motivo. Un lenguaje. Algo que les devolviera una ilusión de control. Pero aquel hombre había cruzado una frontera invisible: ya no necesitaba entenderse a sí mismo. Solo avanzar.

—Cuando alguien deja de contarte una historia —dijo Renato, mirando cl tablero lleno de fotos, fechas y nombres—, empieza a escribirla sobre los demás.

Mercedes escuchaba desde el sofá, con una manta ligera sobre las piernas. El embarazo había avanzado lo suficiente como para que cada movimiento del cuerpo fuese una negociación. Pero su mente estaba más despierta que nunca. Más afilada.

—No está improvisando —dijo—. Está depurando.

Ricardo levantó la vista.

—¿Depurando qué?

—El final.

I. El mapa invisible.

Las muertes continuaron, pero ya no obedecían a ningún patrón reconocible. No había zonas calientes. No había horarios preferentes. No había una lógica territorial. Era como si el asesino caminara al azar… o como si conociera demasiado bien el terreno como para necesitar marcas.

Una joven fue encontrada en un parque infantil, a plena luz del día, sentada en un columpio inmóvil. No había señales de lucha. No había rosa. No había poema. Solo una pequeña cruz dibujada en la arena con el tacón de su propio zapato.

Dos noches después, otra mujer apareció muerta en una pensión del centro histórico. Esta vez sí había rosa. Roja. Fresca. Colocada sobre el cuello, no sobre el pecho. Y un papel doblado con una sola línea escrita a mano:

No todas las oraciones piden perdón.

Ricardo observó la fotografía durante varios minutos.

—Está fragmentando su identidad —dijo finalmente—. Ya no quiere que lo reconozcamos. Quiere que lo sigamos.

—O que dudemos —añadió María.

Desde que había llegado de Arequipa, María se había convertido en una presencia constante. No intervenía mucho, pero cuando lo hacía, siempre acertaba en el punto exacto. Como si su distancia emocional le permitiera ver con más claridad.

—Está rompiendo la coherencia para que empecemos a cuestionar nuestras propias conclusiones —continuó—. Eso retrasa el cierre.

Lucho asintió.

—Y le da tiempo.

II. La grieta en el pasado.

Fue Ricardo quien encontró la grieta.

No en un informe reciente.
No en una escena del crimen.
Sino en un archivo olvidado de hacía más de quince años.

Un taller.

Un taller de escritura terapéutica, organizado por una asociación parroquial en Chiclayo. El objetivo era sencillo: ofrecer un espacio seguro para mujeres jóvenes que atravesaban duelos, rupturas o procesos de violencia emocional.

El facilitador no figuraba como psicólogo.
Ni como escritor reconocido.
Solo como “acompañante”.

—Aquí —dijo Ricardo, señalando la pantalla—. Aquí empieza todo.

Las asistentes tenían nombres distintos. Edades distintas. Vidas distintas. Pero todas compartían algo inquietante: habían sido vistas por última vez poco antes de morir… años después… en circunstancias aparentemente desconectadas.

—No las eligió al azar —dijo Mercedes, con voz grave—. Las sembró.

Ricardo cerró los ojos un segundo.

—No era un depredador —añadió—. Era un recolector.

El silencio se hizo espeso.

—Las escuchaba —continuó Ricardo—. Les enseñaba a escribir. A poner palabras al dolor. A transformar la culpa en lenguaje.

—Y luego les robó ese lenguaje —susurró María.

—No —corrigió Mercedes—. Se lo devolvió… deformado.

III. El mensaje que no se puede borrar.

La carta del pozo de los deseos seguía pesando más que cualquier asesinato.

Lucho volvió a leerla esa noche, solo, en su despacho. No buscaba pistas nuevas. Buscaba errores. Algo humano. Algo que delatara prisa, miedo o soberbia.

Pero no había nada de eso.

La letra era firme.
El tono, sereno.
El mensaje, definitivo.

El pozo no concede deseos.
Solo devuelve lo que uno arroja.

—Eso no es una amenaza —murmuró—. Es una confesión.

Alguien había arrojado algo al pozo.
Algo más que una carta.

Ricardo confirmó la sospecha al día siguiente.

—Encontramos restos —dijo—. No humanos. Pero simbólicos. Objetos personales. Pequeños. Íntimos.

—¿De las víctimas? —preguntó Mercedes.

—No —respondió—. De él.

El Poeta no estaba huyendo.
Estaba desprendiéndose.

IV. Mercedes.

El embarazo avanzaba como una cuenta atrás silenciosa.

Mercedes sentía al bebé moverse con más frecuencia, con una fuerza que la obligaba a detenerse, a respirar, a recordar que había vida creciendo incluso mientras la muerte se multiplicaba fuera.

Una noche, despertó sobresaltada.

Había soñado con un pozo.
No miraba hacia dentro.
Era el pozo quien la miraba a ella.

—No va a matarte —le dijo Lucho, cuando ella se lo contó—. No puede.

—No —respondió Mercedes—. Pero va a obligarme a elegir.

—¿Elegir qué?

Ella no contestó.

Porque ya lo sabía.

V. El nombre.

El nombre apareció sin dramatismo.

No en una revelación grandilocuente.
No en una escena espectacular.

Apareció en una lista antigua de voluntarios.

Un nombre que había pasado desapercibido porque siempre estaba ahí.

Demasiado normal.
Demasiado correcto.

Ricardo lo pronunció en voz baja.

—Es él.

María sintió un frío seco en el estómago.

—Lo conozco.

Lucho levantó la vista.

—¿Cómo que lo conoces?

—Era cercano —dijo ella—. Siempre lo fue.

El pasado empezaba a hablar.
Y no pedía permiso.

VI. El último movimiento.

El asesinato ocurrió después de una pausa demasiado larga.

Una joven universitaria.
Sin antecedentes.
Sin conexión aparente.

Esta vez sí hubo poema.
Pero no era suyo.

Era una cita completa.
De memoria.
De otro.

César Vallejo.

No hubo rosa.
Hubo un rosario.

Las manos de la víctima estaban juntas, como en oración.

—Nos está diciendo algo —dijo Mercedes—. No sobre ella. Sobre él.

Ricardo cerró el informe.

—Está rezando.

—No —corrigió Lucho—. Está pidiendo absolución.

VII. El cerco.

El cerco se cerró sin sirenas.

Sin prensa.

Sin ruido.

El Poeta lo sintió antes de verlo.
Como se siente el cambio de presión antes de una tormenta.

Sabía que ya no podía volver atrás.

Pero tampoco quería hacerlo.

Había llegado demasiado lejos para callar ahora.

Y mientras Lima seguía respirando con dificultad, mientras Mercedes sentía la vida empujar desde dentro, mientras Ricardo y María se miraban sabiendo que nada volvería a ser igual…

El final empezó a escribirse solo.

Sin metáforas.
Sin máscaras.
Sin posibilidad de corrección.

Porque hay historias que no buscan redención.
Solo verdad.

Y la verdad, cuando llega, nunca pide permiso.

Pregunta abierta del Capítulo XV

Cuando el asesino deja de huir
y empieza a desprenderse de sí mismo,

¿Está buscando perdón…
o asegurándose de que nadie pueda olvidarlo?

Capítulo XVI. La forma del agua

El primer asesinato tras el cierre del cerco fue torpe.

No en la ejecución.
No en el resultado.
Sino en la intención.

Lucho lo entendió al leer el informe a las seis y treinta de la mañana, con Lima aún a medio despertar y el cielo cubierto de una neblina espesa que parecía no querer levantar.

—No quería matarla —dijo en voz alta, aunque estaba solo.

El cuerpo de la joven había sido hallado en una azotea del distrito de Breña. Veintitrés años. Estudiante de Trabajo Social. Sin antecedentes. Sin vínculos aparentes con los casos anteriores. No había signos de violencia prolongada. Todo había sido rápido. Preciso.

Demasiado.

—Esto no es una obra —murmuró—. Es un empujón.

En el pecho de la víctima no había rosa.
Había agua.

Un pequeño frasco de vidrio, cerrado con cuidado, apoyado justo bajo la clavícula izquierda. Dentro, agua transparente. Limpia. Sin sedimentos.

Y un papel doblado en cuatro.

Mercedes fue la primera en leerlo.

No tembló.

No parpadeó.

El agua no recuerda la forma de las manos que la sostuvieron.

—Está hablando de nosotros —dijo—. Otra vez.

Ricardo observaba la fotografía del frasco.

—O de sí mismo —corrigió—. Está perdiendo consistencia.

I. La investigación se desordena.

Las muertes ya no marcaban el ritmo de la investigación.

Lo rompían.

Cada nuevo crimen obligaba al equipo a reconfigurar hipótesis, a desechar líneas enteras de trabajo, a volver al principio con la sensación constante de estar llegando tarde.

—Está jugando con la saturación —dijo Renato—. Quiere que dudemos de todo.

—No —respondió Lucho—. Quiere que dudemos de nosotros.

Las víctimas no compartían profesión, barrio, ni historia familiar. No asistían a los mismos lugares. No frecuentaban los mismos círculos. El único hilo posible seguía siendo el pasado remoto: talleres, espacios de escucha, encuentros donde alguien había aprendido a hablar… y otro a escuchar demasiado bien.

—Pero hay algo nuevo —dijo María, revisando los últimos poemas—. Ya no escribe para el público. Nos escribe a nosotros.

Tenía razón.

Los textos ya no buscaban belleza.
Ni metáfora.
Ni misterio.

Eran directos.
Casi íntimos.

¿Cuántas veces hay que mirar
antes de aceptar que el reflejo
también observa?

—Nos está cansando a propósito —dijo Ricardo—. Quiere que cometamos un error.

II. Sospechosos.

El cerco se estrechaba, pero no hacia dentro.

Se abría.

Cada nombre que aparecía arrastraba otros tres. Cada relación pasada abría una red nueva de contactos, voluntarios, facilitadores, asistentes, donantes.

—Si lo reducimos a una sola persona, perdemos —dijo Mercedes—. No es uno. Es un entorno.

Lucho la miró.

—Pero alguien está matando.

—Sí —asintió ella—. Pero no solo.

La idea era peligrosa.
Y necesaria.

Porque empezaban a aparecer gestos que no encajaban con un solo autor: horarios imposibles, desplazamientos superpuestos, errores mínimos que parecían de manos distintas.

—Puede tener ayuda —dijo Ricardo.

—O está dejando que lo parezca —añadió María—. Para diluir su rostro.

El Poeta se estaba convirtiendo en eco.

III. Ricardo y María.

El descanso fue una decisión forzada.

No porque pudieran permitírselo.
Sino porque ya no podían no hacerlo.

Ricardo llevaba noches sin dormir. María lo notó en la forma en que le temblaban los dedos al sostener el café, en cómo se quedaba mirando pantallas apagadas como si aún mostraran algo.

—Si seguimos así —le dijo—, no vamos a ver nada.

Él no respondió de inmediato.

—Solo una tarde —insistió ella—. Caminar. Nada más.

Aceptó.

Caminaron sin rumbo fijo hasta que, casi sin darse cuenta, llegaron al Parque de las Aguas. El sonido de las fuentes los envolvió como un murmullo constante, hipnótico. Chorros que subían y caían, luces que se reflejaban en superficies móviles, cuerpos de agua que nunca eran iguales dos veces.

—Es extraño —dijo Ricardo—. Todo cambia… pero sigue siendo lo mismo.

María lo miró.

—Como nosotros.

Caminaron en silencio.
Se detuvieron frente a una de las fuentes más grandes. El agua se elevaba en columnas que se deshacían en el aire.

—¿Tienes miedo? —preguntó ella.

Ricardo asintió.

—De no llegar a tiempo.

María dio un paso más cerca.

—Llegaremos.

No hubo música.
No hubo dramatismo.

Solo un gesto.

Un beso breve.
Tembloroso.
Necesario.

El agua siguió cayendo.

Y por un instante, Lima dejó de doler.

IV. El poema.

La siguiente víctima apareció dos días después.

Esta vez sí hubo rosa.

Y un poema completo.

Pegado con cinta adhesiva a una pared cercana.

El agua aprende la forma del golpe
y aun así no se rompe.

—Esto ya no es provocación —dijo Mercedes—. Es preparación.

—¿Para qué? —preguntó Lucho.

Ella miró su vientre, instintivamente.

—Para cuando todo se derrame.

V. El mensaje privado.

Esa misma noche, Lucho recibió un sobre en casa.

Sin remitente.

Dentro, una sola hoja.

Escrita a mano.

No busquen al autor.
Busquen al lector.

Mercedes cerró los ojos.

—Nos está diciendo dónde mirar —dijo—. Pero no cómo.

Ricardo, desde la puerta, entendió algo más.

—Nos está diciendo quién falta.

VI. El avance del tiempo.

El embarazo entró en una fase delicada.

Los médicos recomendaron reposo. Vigilancia. Calma.

Mercedes sonrió al escuchar la palabra.

—Eso no existe —dijo—. Pero lo intentaré.

Lucho no se separó de ella.

Porque sabía.

Porque lo sentía.

El Poeta también sabía que el tiempo se acababa.

Y aún tenía versos que escribir.

Pregunta abierta del Capítulo XVI

Cuando el asesino empieza a escribir
solo para quienes lo persiguen,

¿Está guiándolos hacia él…
o preparándolos para aceptar
que nunca podrán alcanzarlo?

Capítulo XVII. La sombra del nombre

Nadie durmió después del mensaje.

No porque fuera especialmente violento.
No porque amenazara de forma explícita.
Sino porque, por primera vez, no parecía escrito para ser entendido.

No busquen al autor.
Busquen al lector.

Lucho lo releyó en silencio, sentado frente a la mesa de la cocina, mientras el café se enfriaba sin que lo tocara. Afuera, Lima despertaba con su rutina indiferente, pero dentro de aquel apartamento el tiempo se había detenido en una pregunta que no sabía cómo formularse.

—No habla de sí mismo —dijo al fin—. Habla de nosotros.

Mercedes estaba apoyada en el marco de la puerta. El embarazo ya no le permitía permanecer mucho tiempo de pie sin sentir una presión incómoda en la espalda, pero aun así no se movió.

—Habla de quien interpreta —corrigió—. De quien da sentido a lo que escribe.

—Eso nos incluye a todos —respondió Lucho—. Policía, prensa, ciudad.

Mercedes negó con la cabeza.

—No. Incluye a alguien más.

No dijo el nombre.

No hacía falta.

Desde hacía un tiempo, el nombre flotaba en el aire como una palabra prohibida, presente en cada silencio demasiado largo, en cada mirada que se desviaba justo antes de decir algo importante.

El problema ya no era encontrar al asesino.

El problema era aceptar lo cerca que estaba.

I. El sospechoso que encaja demasiado bien.

El error no fue señalarlo.

El error fue hacerlo demasiado rápido.

Cuando Ricardo presentó el informe preliminar, nadie lo contradijo. Todas las piezas encajaban con una precisión inquietante: presencia en los espacios adecuados, acceso a las víctimas antes de los crímenes, conocimiento de los talleres, de los textos, de las heridas emocionales que luego se convertían en lenguaje.

—Es sólido —dijo Renato—. Demasiado sólido.

—Eso no es malo —respondió Lucho.

—Lo es —intervino María— cuando la realidad empieza a parecer un guion bien escrito.

La frase quedó suspendida en el aire.

Porque todos lo sabían: el Poeta llevaba meses demostrando que sabía construir relatos. Que entendía cómo funcionaba la necesidad humana de cierre, de culpables claros, de finales ordenados.

—Si yo fuera él —dijo Ricardo con voz cansada—, haría exactamente esto.

Lucho lo miró con atención.

—¿Qué cosa?

—Dejar que encontraran a alguien convincente.

El nombre seguía sobre la mesa.

No se retiró.

Pero algo se quebró.

II. La detención.

La detención fue limpia.

Demasiado.

El sospechoso no opuso resistencia. No negó los hechos. No confesó. Simplemente escuchó, como si aquella escena ya la hubiera vivido antes en otra versión de sí mismo.

—¿Sabe por qué está aquí? —preguntó Lucho.

El hombre levantó la mirada.

—Porque alguien necesita que lo esté.

No hubo provocación en su tono.

Ni miedo.

Ni desafío.

Solo una certeza tranquila que incomodó a todos.

—¿Conoce a las víctimas? —insistió Ricardo.

—Conozco el dolor —respondió—. El resto son nombres.

El interrogatorio no avanzó.

Cada respuesta parecía diseñada para no incriminar… pero tampoco para exonerar.

—No es él —dijo María más tarde, cuando quedaron solos.

—¿Por qué? —preguntó Lucho.

—Porque está interpretando un papel —respondió—. Y el Poeta no actúa. Escribe.

III. El asesinato durante la espera.

El crimen ocurrió mientras el sospechoso seguía detenido.

Una joven apareció muerta en un edificio abandonado del Callao. Tenía veintisiete años. Trabajaba en una librería. Había asistido a uno de los talleres hacía años, pero no figuraba en ningún listado reciente.

Sobre su pecho, una hoja arrancada de un cuaderno.

Escrita con una caligrafía irregular.

El lector también elige
qué parte del texto
ignora.

No hubo rosa.
No hubo símbolo religioso.
Solo palabras.

—Nos está corrigiendo —dijo Mercedes, al leerlo—. Nos está diciendo que estamos leyendo mal.

El detenido fue liberado esa misma noche.

Sin disculpas.

Sin explicaciones públicas.

El daño ya estaba hecho.

IV. La ciudad se vuelve contra ellos.

La prensa olió la grieta.

Titulares ambiguos.
Preguntas insinuadas.
Dudas sembradas con precisión quirúrgica.

¿Y si el Poeta nunca fue uno?
¿Y si fue una construcción policial?
¿Y si las muertes no estaban conectadas?

Lucho empezó a recibir llamadas que no contestaba. Mercedes dejó de salir sola. Ricardo notó un coche estacionado frente a su edificio durante dos noches seguidas.

—Nos está aislando —dijo—. Nos quiere solos.

—No —respondió María—. Nos quiere enfrentados.

V. El poema personal.

Esa madrugada, Mercedes recibió el mensaje.

No llegó por correo.

Ni por mensajería.

Apareció en su *celular.

Un número desconocido.

Un solo texto.

El agua no rompe la piedra
por fuerza,
sino por insistencia.

Mercedes cerró los ojos.

El bebé se movió con fuerza.

—Lo sabe —susurró—. Sabe que el tiempo se acaba.

Lucho la abrazó sin decir nada.

Pero por primera vez, sintió miedo de verdad.

No por el asesino.

Sino por lo que aún no podían ver.

VI. Ricardo.

Ricardo empezó a revisar su propio pasado.

No los informes.
No las pistas.

A sí mismo.

Recordó conversaciones aparentemente triviales. Comentarios que había dejado pasar. Gestos que en su momento parecieron simples coincidencias.

—Hay algo que no estoy viendo —le dijo a María—. Y temo que tenga que ver conmigo.

Ella no intentó tranquilizarlo.

—Entonces mírate sin miedo —respondió—. El Poeta vive de eso: de lo que evitamos mirar.

Caminaron en silencio por Lima, sin rumbo fijo, como si el movimiento les permitiera pensar mejor. No se tomaron de la mano. No hablaron del beso en el Parque de las Aguas. Pero ambos sabían que algo había cambiado.

Y que ya no había marcha atrás.

VII. La revelación que no es.

La pista llegó envuelta en rutina.

Un archivo mal clasificado.
Una fecha repetida.
Un nombre que aparecía donde no debía.

—Esto no prueba nada —dijo Renato.

—Pero tampoco es casualidad —respondió Lucho.

Mercedes observaba desde la silla, con una mano sobre el vientre.

—El Poeta no quiere que lo encontremos —dijo—. Quiere que entendamos algo antes.

—¿Qué cosa? —preguntó Ricardo.

Mercedes levantó la mirada.

—Que no todos los finales son capturas.

El silencio que siguió fue distinto.

No era tensión.

Era anticipación.

VIII. El último verso antes del ruido.

El asesinato número siguiente ocurrió al amanecer.

Una mujer joven.
Una parada de autobús.
Gente alrededor que no vio nada.

Sobre el banco, escrito con marcador negro:

La verdad no siempre llega a tiempo.
Pero siempre llega.

Lucho cerró el cuaderno con fuerza.

—Ya no está escribiendo para nosotros —dijo—. Está escribiendo para el final.

Mercedes sintió un dolor breve, agudo, en el vientre.

No era aún el momento.

Pero estaba cerca.

Todos lo estaban.

Pregunta abierta del Capítulo XVII

Cuando el asesino permite que un inocente
ocupe su lugar durante unas horas, ¿está probando la eficacia
del engaño…
o midiendo cuánto dolor
puede soportar la verdad
antes de revelarse?

Capítulo XVIII. Cuando el equilibrio se rompe

El error no fue una mentira.

Fue una verdad dicha a destiempo.

Eso lo comprendió Lucho demasiado tarde, cuando la información ya había salido del despacho y comenzaba a deformarse al tocar otras manos, otras bocas, otros intereses.

La traición no fue deliberada.
No hubo mala fe.
No hubo conspiración.

Solo hubo una confianza mal colocada.

Y el Poeta lo estaba esperando.

I. La fisura.

Todo empezó con una conversación informal.

Una frase dicha en voz baja, sin grabadoras, sin actas oficiales, en un pasillo donde nadie parecía escuchar. Renato no pensó que importara. Era un comentario técnico, casi irrelevante, una reflexión lanzada al aire mientras caminaban.

—Si el patrón ya no existe —dijo—, entonces solo queda el vínculo humano.

No dijo nombres.
No señaló direcciones.

Pero alguien escuchó.

Y alguien entendió demasiado bien.

Esa misma tarde, un periodista publicó una nota ambigua: "La policía investiga un posible entorno emocional común entre las víctimas."

No era falso.
Pero tampoco era inocente.

—Ya está —dijo Ricardo al leerlo—. Ahora cualquiera puede sentirse observado.

Mercedes cerró los ojos un instante.

—Eso es exactamente lo que quiere.

II. El asesinato que no debía ocurrir.

El cuerpo apareció en una azotea del Cercado de Lima.

Treinta y dos años.
Maestra de primaria.
Sin antecedentes.
Sin relación visible con talleres, parroquias o asociaciones.

Sobre el pecho, una rosa roja clavada con precisión quirúrgica.

El poema estaba escrito en una cartulina blanca, sostenida por una piedra.

No todos los que miran
ven.
No todos los que escuchan
entienden.

—Está ampliando el campo —dijo Lucho—. Está matando fuera de la lógica para hacernos pensar y que dudemos de todo.

—O para castigarnos —añadió Mercedes—. Por hablar de más.

El mensaje llegó una hora después.

No a la prensa.
No a la policía.

Pero esta vez no le llegó a Lucho, si no a Ricardo.

Las grietas no se hacen solas.

Ricardo sintió un frío seco recorrerle la espalda.

—Esto ya no es general —dijo—. Es personal.

III. La culpa.

Renato no lo negó.

—Fui yo —dijo—. Hablé donde no debía.

Nadie levantó la voz.
Nadie lo acusó.

Pero algo se rompió.

—No lo hiciste con mala intención —dijo Lucho—. Pero ahora estamos expuestos.

Mercedes intervino con suavidad.

—No es solo eso. Ahora él sabe que puede movernos desde dentro.

El silencio que siguió no fue de reproche.

Fue de pérdida.

La confianza, una vez dañada, nunca vuelve a ser la misma.

IV. El poema sin rosa.

Dos días después, otra víctima.

Esta vez no hubo flor.

La mujer yacía sobre la cama de su apartamento, las manos abiertas, los ojos cerrados como si durmiera.

El poema estaba escrito directamente en la pared, con carbón.

Hay verdades que no sangran
hasta que alguien
las pronuncia.

—Nos está señalando —dijo María—. A todos.

—No —corrigió Ricardo—. Está señalando a quien habló.

Renato bajó la mirada.

V. Ricardo y María.

Esa noche, Ricardo no volvió a la central de policía.

Caminó sin rumbo por la ciudad hasta que terminó frente al río, observando el reflejo tembloroso de las luces.

María lo encontró allí.

—No fue tu culpa —le dijo.

—No hablo de eso —respondió él—. Hablo de lo que el Poeta ve cuando nos mira.

— ¿Y qué ve?

Ricardo tardó en responder.

—Ve grietas. Ve cansancio. Ve miedo a equivocarnos.

María se acercó un poco más.

—Y aun así seguimos aquí.

Ricardo la miró.

—Sí. Pero ya no todos juntos.

No se abrazaron.

No se besaron.

El momento había pasado.

Y ambos lo sabían.

VI. El poema que divide.

El siguiente mensaje no llegó en forma de muerte.

Llegó como texto.

Un correo enviado a varias direcciones internas de la policía.

Sin remitente.

Cuando muchos miran el mismo mapa,
cada uno cree ver el camino correcto.

El efecto fue inmediato.

Hipótesis cruzadas.
Sospechas internas.
Decisiones paralelas.

—Nos está fragmentando —dijo Mercedes—. Quiere que actuemos sin coordinarnos.

—Porque así habrá errores —respondió Lucho—. Y los errores traen sangre.

VII. El asesinato a plena luz.

La muerte ocurrió a las once de la mañana.

Una mujer cruzando una plaza.
Gente alrededor.
Nadie vio nada.

Cayó al suelo sin gritar.

En su mano, un papel doblado.

El ruido no avisa.
Solo llega.

No hubo rosa.

—Está ensayando el caos —dijo Lucho—. Nos está preparando para algo más grande.

Mercedes sintió una contracción leve, inesperada.

Respiró hondo.

—No va a esperar mucho más.

VIII. La conversación que no debía tener lugar.

Ricardo habló con alguien del pasado.

No fue una reunión secreta.
No fue clandestina.

Fue una conversación aparentemente inocente, motivada por la necesidad de confirmar un dato antiguo.

Pero el Poeta estaba atento.

Siempre lo estaba.

Esa misma noche, el poema apareció en una víctima nueva.

Esta vez sí hubo rosa.

Clavada con rabia.

El texto, breve, directo:

Las palabras vuelven
al lugar donde nacieron.

Ricardo comprendió el mensaje de inmediato.

—Me está diciendo que vuelva atrás —susurró—. Que mire de nuevo.

—¿Y vas a hacerlo? —preguntó Lucho.

Ricardo asintió.

—Aunque nos cueste.

IX. El anuncio del final.

El último asesinato del capítulo no fue descubierto por la policía.

Fue anunciado.

Un mensaje anónimo llegó a varios *celulares.

Habrá ruido.
Habrá fuego.
No todos saldrán ilesos.

Mercedes sintió el miedo subirle por primera vez sin filtros.

No por ella.

Por el bebé.

—El tiroteo ya no es una posibilidad —dijo—. Es una decisión tomada.

Lucho la abrazó con fuerza.

—No voy a dejar que te toque.

Mercedes lo miró.

—No prometas lo que no depende solo de ti.

X. El equilibrio roto.

Al final del día, nadie estaba en el mismo lugar que al empezar.

La investigación seguía.
Las muertes continuaban.
Las pistas existían.

Pero el equilibrio se había perdido.

El Poeta ya no jugaba solo con símbolos.

Jugaba con ellos.

Con sus errores.
Con sus afectos.
Con sus silencios.

Y mientras Lima seguía respirando con dificultad, mientras el cuerpo de Mercedes se preparaba para una vida nueva en medio de la muerte, mientras Ricardo entendía que el pasado no se revisa sin consecuencias…

El sonido lejano de algo irreversible empezó a escucharse.

No era un disparo aún.

Pero ya se parecía demasiado.

Pregunta abierta del Capítulo XVIII

Cuando una traición no intencionada
abre la puerta al caos,
¿es el asesino quien avanza…
o somos nosotros
quienes retrocedemos
hacia el lugar exacto
donde él nos espera?

Capítulo XIX. Donde el ruido elige a quién alcanza

El ruido no llegó de golpe.
Se filtró.

Primero fue un rumor seco, metálico, como una respiración contenida en la garganta de la ciudad. Después, una vibración casi imperceptible en los vidrios de la central. Y, finalmente, la certeza: algo se había puesto en marcha y ya no podía detenerse.

El Poeta había dejado de anunciar.
Ahora ejecutaba.

I. El mapa roto.

—No podemos movernos todos —dijo Lucho, señalando el plano extendido sobre la mesa—. Si concentramos recursos, dejamos flancos abiertos.

El mapa de Lima parecía un cuerpo intervenido: marcas rojas, líneas azules, círculos que se superponían sin orden aparente. No había un centro claro. No había un patrón reconocible. Solo presión.

—Y si nos dividimos —respondió Ricardo—, perdemos capacidad de respuesta inmediata.

—La perdimos hace días —intervino María—. Desde que él empezó a anticiparse.

El silencio que siguió no fue incómodo. Fue peligroso.

Mercedes observaba sin hablar. Tenía una mano apoyada en el borde de la mesa y la otra sobre el vientre. El bebé se movía con una frecuencia distinta, como si percibiera el cambio de atmósfera.

—Él quiere esto —dijo al fin—. Quiere obligarnos a elegir mal.

—¿Y qué sería elegir bien? —preguntó Renato, agotado.

Mercedes levantó la mirada.

—Elegir sabiendo que alguien va a quedar expuesto.

Nadie respondió.
Porque todos entendieron lo mismo.
Y porque todos sabían quién tenía más que perder.

II. El primer disparo.

No fue parte del operativo.

No fue una emboscada.

Fue un error humano.

Un agente nervioso.
Una sombra mal interpretada.
Un movimiento brusco en un callejón estrecho del Rímac.

El disparo rebotó contra una pared y el eco se multiplicó como una mentira imposible de desmentir.

Después vinieron los gritos.
Las carreras.
Los teléfonos sonando al mismo tiempo.

—¡Se activó! —gritó alguien por radio—. ¡Se activó el protocolo!

Lucho apretó los dientes.

—Ya empezó.

Mercedes sintió una punzada en el abdomen. No una contracción. Algo más sordo. Más interno.

—No —corrigió—. Ya no va a parar.

III. La decisión.

El Poeta no apareció.
Pero dejó huellas.

Tres ubicaciones distintas recibieron mensajes casi simultáneos. No eran poemas completos. Eran fragmentos. Líneas arrancadas de algo mayor.

No todos corren en la misma dirección.
No todos llegan al refugio.
Algunos nacen para quedarse atrás.

—Está forzando un quiebre —dijo Ricardo—. Quiere que prioricemos.

—Y si priorizamos, perdemos —respondió Lucho.

—Y si no lo hacemos, morimos todos —replicó María.

La discusión no escaló.
Se quebró.

—Yo voy al punto sur —dijo Lucho de pronto—. Ahí hay demasiada densidad civil.

—Yo cubro el este —añadió María.

Ricardo miró a Mercedes.

—Tú no te mueves.

Mercedes negó lentamente.

—Si no me muevo, él gana. Siempre me ha querido quieta.

—No es negociable —dijo Ricardo, con una dureza que no solía usar.

—Entonces no es una decisión. Es una imposición.

El silencio volvió. Pero ya no era estratégico.
Era emocional.

Renato habló en voz baja.

—Tenemos que dividirnos.

Y al decirlo, supo que acababa de romper algo que ya no podría recomponerse.

IV. La zona gris.

Mercedes terminó asignada a lo que llamaron "zona de contención secundaria". Un eufemismo. Un espacio intermedio entre lo importante y lo prescindible.

—No me mires así —le dijo a Ricardo mientras se colocaba el chaleco—. No soy de cristal.

—No —respondió él—. Eres de carne. Y ahora también de miedo.

Ella sonrió con tristeza.

—Eso nos hace humanos.

El vehículo avanzó lento por calles cada vez más vacías. Las sirenas a lo lejos creaban una música disonante, como si la ciudad estuviera afinando para una tragedia.

—¿Lo sientes? —preguntó el agente al volante.

—Sí —respondió Mercedes—. Él está cerca.

V. El poema del umbral.

El mensaje apareció donde nadie lo esperaba: en la pantalla del sistema interno, proyectado durante segundos antes de ser eliminado.

Suficientes.

Cuando la caza se dispersa,
el disparo elige solo.

Ricardo lo vio desde la central.

—No es un aviso —susurró—. Es una declaración.

—¿De qué? —preguntó María.

Ricardo tardó en responder.

—De que ya ha elegido.

VI. El punto ciego.

El tiroteo estalló a cinco *cuadras de Mercedes.

No lo vio.
Lo escuchó.

Una ráfaga seca.
Luego otra.

El agente frenó en seco.

—Tenemos que retroceder.

Mercedes negó.

—No. Si retrocedemos, dejamos esto vacío.

—Señora, las órdenes —dijo el agente.

—Las órdenes ya no sirven —interrumpió—. Ahora solo sirve entenderlo.

El bebé se movió con violencia.

—Está aquí —dijo ella—. No frente a nosotros. Al costado.

El agente dudó.
Y en esa duda, el mundo cambió.

VII. Ricardo llega tarde.

Ricardo recibió la alerta con segundos de retraso.

—¿Dónde está Mercedes?

Nadie respondió de inmediato.

—¿Dónde está? —repitió, esta vez sin voz.

—Zona gris —dijo alguien—. Sector C.

Ricardo sintió cómo algo se le desprendía por dentro.

—Muévanme ahí. Ahora.

VIII. El rostro del miedo.

Mercedes descendió del vehículo.

El aire olía a pólvora vieja.
A miedo reciente.

El silencio posterior a los disparos era peor que el ruido. Porque permitía pensar.

—No grites —se dijo—. No corras.

Avanzó unos pasos.

Y entonces lo vio.

No al asesino.
No aún.

Vio la consecuencia.

Un cuerpo caído.
Una rosa aplastada bajo un zapato ajeno.
Y, escrito en el suelo con tiza blanca:

"Hay verdades que se defienden solas.
Otras necesitan un sacrificio."

Mercedes sintió el pánico, pero no retrocedió.

—No hoy —susurró—. No así.

IX. El cerco se estrecha.

Las unidades convergían.
Las comunicaciones se cruzaban.
El margen se reducía.

El Poeta estaba acorralado.

Y lo sabía.

Ricardo llegó a la zona cuando el sol empezaba a caer. Bajó del vehículo antes de que se detuviera por completo.

— ¡Mercedes!

No hubo respuesta.

— ¡Mercedes!

Entonces la vio.

De pie.
Sola.
Expuesta.

—No te muevas —le gritó—. ¡No te muevas!

Ella lo miró.

Y en esa mirada había algo nuevo.
No miedo.
No duda.

Aceptación.

X. Antes del ruido final.

Un disparo resonó a lo lejos.

Luego otro.

El Poeta aún no había sido visto.
Pero estaba más cerca que nunca.

Demasiado cerca.

Mercedes apoyó una mano en el vientre.

—Aguanta —susurró—. Un poco más.

Ricardo avanzó un paso.

—Estoy aquí.

Ella sonrió.

—Siempre llegas… cuando ya no hay margen.

El aire se tensó.

El siguiente ruido no sería abstracto.
No sería simbólico.
No sería reversible.

Y mientras la ciudad contenía el aliento, mientras el cerco se cerraba con precisión imperfecta, el Poeta entendía algo esencial:

El final no se escribe solo.
Se arranca.

Pregunta abierta del Capítulo XIX

Cuando el asesino está acorralado
y el equipo ya no es uno solo,
¿la mayor amenaza viene de quien dispara…
o de la decisión que deja a alguien
exactamente
donde él quería?

El ruido ya no era un aviso.
Era un hecho.

No hubo tiempo para reorganizarse, ni para pensar en estrategias limpias, ni para corregir errores acumulados. El tiroteo se extendió como una grieta viva por las calles estrechas, rebotando en muros antiguos, cruzando ventanas cerradas, atravesando cuerpos que no estaban destinados a ser parte de ninguna historia.

El Poeta había llevado la palabra hasta su límite.
Ahora hablaba el metal.

I. El rostro.

Ricardo fue el primero en verlo con claridad.

Entre el humo, la confusión y los destellos secos de los disparos, distinguió un gesto que no pertenecía al caos: una calma torcida, casi reverente. El hombre avanzaba despacio, sin cubrirse del todo, como si el peligro no fuera con él. Como si cada paso estuviera escrito de antemano.

—Es él —murmuró—. Míralo bien.

Lucho levantó la vista.

Y lo reconoció.

No por el arma.
No por la violencia.
Sino por los ojos.

—No… —susurró—. No puede ser.

El asesino bajó el arma un segundo. Lo justo para que su rostro quedara expuesto bajo una farola rota, amarillenta, temblorosa.

Samuel Reátegui Molina.
Cincuenta y dos años.
Profesor de Literatura Hispanoamericana.
Doctor por la Universidad Nacional Mayor San Marcos.
Antiguo colaborador universitario.
Conferenciante habitual en ciclos culturales.
Especialista en poesía del dolor, del duelo y de la pérdida.

El hombre que citaba a César Vallejo como si hablara de sí mismo.

El que defendía que la poesía solo nace cuando algo se rompe para siempre.

—Buenas noches, Mercedes —dijo, con una voz serena, casi educada—. Has llegado hasta el último verso.

II. El origen del monstruo.

Samuel no gritaba.
No huía.
No parecía nervioso.

—¿Sabes por qué tú? —continuó—. Siempre quise que lo supieras.

Mercedes, arrodillada, respirando con dificultad, lo miró sin odio. Solo con una tristeza antigua, cansada.

—Porque no soportaste que sobreviviera —dijo.

Samuel sonrió. Una sonrisa breve, vencida.

—Porque sobreviviste mejor que yo.

Habló entonces de su hija.
De ocho años.
De una muerte absurda.
De un conductor borracho.
De una absolución judicial que llegó envuelta en tecnicismos.

Habló de su mujer, que se marchó poco después, incapaz de convivir con un hombre que ya solo escribía epitafios.

Habló de los poemarios rechazados.
De los manuscritos devueltos sin explicación.
Del silencio editorial.
De la invisibilidad.

—Tú seguiste adelante —le dijo—. Yo me quedé detenido en el día en que todo acabó.

Cada asesinato había sido una sílaba.
Cada mujer, una metáfora torcida.
Cada escena, un intento desesperado de ser leído.

—Yo no mataba por placer —dijo—. Mataba para que alguien escuchara. Para obligar al mundo a mirar.

III. El primer impacto.

El disparo que hirió a Mercedes no fue el primero de la noche. Ni siquiera fue el más cercano.

Pero fue el que lo cambió todo.

Ricardo la vio llevarse la mano al abdomen, justo debajo del chaleco. Vio cómo su cuerpo se tensaba, cómo el aire parecía abandonarla durante un segundo demasiado largo.

—¡Mercedes! —gritó, corriendo hacia ella.

Ella cayó de rodillas, no por debilidad, sino por instinto. Como si su cuerpo supiera que ahora había algo más urgente que mantenerse en pie.

—No… no es solo la bala —dijo, con voz rota—. Está pasando.

Ricardo lo entendió antes de querer hacerlo.

—Las contracciones…

—Sí —asintió ella, con una claridad imposible—. Es ahora.

Y en medio del horror, la vida decidió llegar.

IV. El círculo imposible.

Lucho apareció entre el humo y las sombras como si hubiera sido arrancado de otra realidad. Cuando vio a Mercedes en el suelo, el mundo se le redujo a ese punto exacto.

—No… no, no —susurró.

Se arrodilló a su lado, olvidando protocolos, olvidando el arma, olvidándolo todo menos su nombre.

—Estoy aquí —le dijo—. Estoy contigo.

Mercedes sonrió, pese al dolor.

—Siempre lo estás.

V. El nacimiento.

El tiroteo siguió, pero parecía lejano.
Como si hubiera retrocedido unos metros por respeto.

Mercedes no gritó.
Apretó la mano de Lucho.
Resistió.

Y el llanto llegó.

—Es una niña —dijo Ricardo, con la voz quebrada—. Está viva.

Mercedes besó la frente de su hija con una ternura desesperada.

—Hola, amor mío.

VI. El último disparo.

Samuel dio un paso adelante.

—El poema debía terminar aquí —dijo.

Disparó.

La bala alcanzó a Mercedes en el pecho.

El tiempo se detuvo.

Lucho la cogió entre sus brazos, antes de que su cuerpo llegara a tocar el suelo.

—Quédate —suplicó.

—No puedo —susurró ella—. Pero tú sí.

La besó largo y tendido, como nunca antes lo había hecho.

—Cuídala. Nos veremos en el más allá—dijo Mercedes.

Mercedes murió en brazos de Lucho, y al instante rompió a llorar desconsoladamente.

VII. El final del Poeta.

Samuel no huyó.

Dejó caer el arma.
Se arrodilló.

—No escribí lo suficiente —dijo.

Fue esposado sin resistencia.

No hubo poema final.
No hubo redención.

Solo silencio.

VIII. Lo que queda.

Lucho no se movió.

Ricardo se arrodilló a su lado.

La niña dormía, ajena al precio de su llegada.

—Tiene sus ojos —dijo Ricardo.

Lucho comprendió entonces que algunas victorias no se celebran.
Solo se sobreviven.

Pregunta final del capítulo:

Cuando el mal tiene nombre
y el amor paga el precio,
¿se puede llamar justicia
a un final
que deja vida
a cambio de todo lo demás?

El tiempo no curó nada.
Nunca lo hizo.

Lo único que aprendió fue a quedarse.
A no marcharse del todo ni ocuparlo todo.

A convivir con el dolor sin derrotarlo ni borrarlo, como una herida que deja de sangrar, pero que aún duele cuando cambia el clima del alma.

No hubo un día exacto en que la pena se volviera soportable. No existió ese instante milagroso que algunos prometen. No llegó con discursos ni con gestos heroicos.

Simplemente, una mañana cualquiera, Lucho descubrió que había logrado prepararle el desayuno a Lucía sin que las manos le temblaran.

El café no se derramó.
El pan no se quemó.
El mundo no se detuvo.

Y comprendió entonces que eso —solo eso— ya era una forma mínima, casi invisible, de supervivencia.
No de olvido.
De resistencia.

Lucía creció rodeada de silencios cuidados.
No de ausencias.
De presencias distintas.

Silencios que no asustaban, que no pesaban, que no exigían explicaciones. Silencios llenos de amor contenido, de miradas largas, de caricias dadas sin motivo aparente, como si todos supieran que el tiempo es frágil y que cada gesto importa.

Dormía con una calma que desconcertaba a quienes la miraban, como si algo antiguo la protegiera desde dentro.
Como si alguien velara sus sueños.

A veces, al observarla dormir, Lucho pensaba que Mercedes no solo le había regalado la vida, sino también una manera de habitar el mundo sin miedo. Una serenidad inexplicable. Una paz heredada.

—Tiene tu manera de fruncir el ceño —decía Ricardo cuando iba a verlos—. Como si ya estuviera pensando demasiado.

Lucho sonreía sin responder.

Había aprendido que algunas cosas no necesitan ser dichas para seguir existiendo.

Que nombrarlas, a veces, duele más que guardarlas.

Ricardo nunca dejó de visitar a su hermano ni a su sobrina. El lazo que los unía ya no era solo de sangre, sino de pérdida compartida.

Con el tiempo, se casó con María. No fue una boda ruidosa ni perfecta, pero sí honesta, construida sobre cicatrices que ambos aprendieron a respetar. Tuvieron un hijo al que llamaron Luis, como si nombrarlo así fuera una forma de anclar el pasado al presente, de no dejar que nada se perdiera del todo.

Luis creció escuchando historias que no entendía del todo, pero que sentía.

Y Lucía lo cuidó desde el primer día con una ternura silenciosa, como si en ese gesto también cuidara algo de sí misma.

Lucía aprendió pronto a pronunciar un nombre antes que otros.

—Merce.

Lucho nunca la corrigió.

Le habló de su madre sin convertirla en leyenda ni en mártir. Le contó que reía fuerte, que se enfadaba cuando algo no era justo, que odiaba las pequeñas crueldades cotidianas y las grandes injusticias del mundo. Le dijo que creía en las palabras, sí, pero que creía aún más en las personas que las sostienen.

—Tu madre miraba como si siempre intentara ver un poco más allá —le dijo una noche—. Y casi siempre lo conseguía.

Lucía escuchaba con una atención que no correspondía a su edad.

Como si supiera, en algún rincón secreto de sí misma, que aquella historia también era su herencia.
Su raíz.

Todos los años, el mismo día.
Sin necesidad de acordarlo.

El cumpleaños de Mercedes.

Lucho, Ricardo, María, Lucía y Luis acudían siempre con flores al cementerio donde descansaba Mercedes. No había discursos ni lágrimas exageradas. Solo presencia. Memoria. Amor.

Lucía se acercaba a la tumba con cuidado, como si temiera despertarla.

—Hola, mamá —decía—. Hoy he aprendido algo nuevo.

Nadie interrumpía ese instante.

El viento movía las hojas.
El mundo seguía girando.
Nada más.

El Poeta fue olvidado.

Un expediente cerrado.
Un nombre archivado.
Una historia que dejó de importar.

Pero Mercedes no.

Mercedes era el nombre que aún se pronunciaba en voz baja.
La ausencia que enseñó a amar de otra forma.
La huella que no sangra, pero permanece.

Y mientras el mundo continuaba avanzando —Imperfecto, ruidoso, contradictorio—, Lucía crecía con una certeza simple y poderosa: había nacido del amor, había llegado en medio del caos y, aun así, la vida había decidido quedarse.

Antes de marcharse del cementerio, Lucho se detuvo un instante más. Apoyó la mano sobre la piedra fría y cerró los ojos.

—Seguimos aquí —susurró—. Como prometí.

Y por primera vez en mucho tiempo, el silencio no dolió.
No pesó.
No hirió.

Solo acompañó.

“Poema de despedida dedicado a Mercedes”

Mercedes

Mercedes,
desde que no estás
el mundo pesa más.

No es el silencio lo que duele,
es tu ausencia haciendo ruido
en cada rincón donde antes
eras costumbre.

Duele no oírte.
Duele no buscarte.
Duele saber exactamente
dónde estarías
si el tiempo no nos hubiera traicionado.

Mc acostumbré a vivir contigo
y nadie enseña a vivir
cuando te arrancan
la mitad del alma.

Hay días en los que todo sigue igual
—la ciudad, la gente, el cielo—
y entonces lo entiendo:
el problema no es que faltes,
es que todo continúa
como si no te hubiera perdido.

Te busco en lo pequeño.
En una palabra que no digo.
En una risa que no termino.
En el gesto de nuestra hija
cuando frunce el ceño
igual que tú
cuando estabas a punto de llorar
y fingías que no.

Mercedes,
amarte no terminó cuando moriste.
Ahí empezó lo difícil.

Aprender a quererte
sin tocarte.
A hablarte
sin respuesta.
A seguir
cuando lo justo habría sido
quedarse contigo.

Hay noches en las que te nombro
en voz baja,
por si estás cerca
y no quiero despertarte.

Y hay mañanas
en las que me duele respirar
porque no estás
para decirme
que todo irá bien
aunque no sea verdad.

Nos dejaste vida,
pero te llevaste la luz
que la hacía hogar.

Si alguna vez dudas
—si es que allá donde estás
existe la duda—
quiero que sepas esto:

No hay un solo día
en el que no te elija.
No hay un solo instante
en el que no te espere.

Porque perderte
fue aprender
que el amor verdadero
no acaba con la muerte…
ni con la memoria,
ni los recuerdos,
de quienes ya no están,
si no con la pena,
y las lágrimas
de los que se quedan,
que nunca podrán olvidar,
abrazar, besar,
o decir te quiero,
porque sus seres amados,
se fueron demasiado pronto.

Hay palabras que cruzan océanos y cambian de piel.

Nacen en Perú, en otros rincones de Latinoamérica, y al llegar a España no siempre significan lo mismo, aunque sigan sonando igual. Son términos viajeros, moldeados por la historia, la costumbre y la emoción de cada lugar. Conocerlos es aprender a escuchar con más atención, a leer entre líneas y a descubrir que el idioma no es una frontera, sino un puente vivo que nos une y nos transforma.

*Serenazgo: Es el servicio municipal de seguridad ciudadana que brinda vigilancia, apoyo y auxilio a los vecinos y a la policía.

*Celulares/celular: Forma de llamar al teléfono móvil en América Latina.

*DIVINCRI: División de la policía. División Investigación Criminal.

*Terno: Conjunto de chaqueta, chaleco y pantalón de la misma tela.

*Bancas: No se refiere a entidades bancarias, sino a bancos de madera habituales en muchos parques y jardines.

*Carajo: Palabra que según la entonación puede expresar enfado o incluso admiración, dependiendo según la utilicemos.

*Combis y mototaxis: medios de transportes públicos muy populares en diversos países de América Latina.

*Cuadra: En algunos países latinoamericanos utilizan esta expresión cuando se refieren a las calles, a la manzana o el tramo entre dos esquinas.

P.N.P. : Policía Nacional del Perú.

BIOGRAFÍA

Fernando Pérez Rodríguez nació en la ciudad de Plasencia (Cáceres, España), en cuyo escudo de la ciudad, reza el lema: UT PLACEAT DEO ET HOMINIBUS (Para agrado de Dios y de los hombres). En la actualidad está casado y vive en España.

Nacido en el seno de una familia humilde, es el mayor de varios hermanos, todos varones. Desde muy pequeño le gustó escribir, algo no muy bien entendido por sus padres, que le decían qué escribía tanto. Escribir para él es un modo de escapar de la sociedad que lo rodea y, a la vez, de plasmar sus sueños e inquietudes.

Escribo poesía, novela y cuentos infantiles.

Puedes seguirme o hacerte con mis obras a través de mis diversas páginas. ENLACE DE MI PÁGINA DE AUTOR EN AMAZON:
http://author.to/ferpero

Las mayores emociones y las mejores aventuras se viven a través de un libro; ¡no lo olvides jamás!, pues prácticamente sin salir de tú casa y con un libro en la mano, leyéndolo, tú puedes llegar a ser el protagonista de mil y una aventuras. Puedes vivir una hermosa historia de amor, desamor, ser un malvado, un héroe, un príncipe… o ser lo que tú quieras solo con cerrar tus ojos y sumergirte en las páginas de un libro, puedes ser todo lo que un día soñaste.

Si te gusta lo que has leído, te agradecería enormemente me dejases una reseña, pues a ti no te cuesta ningún trabajo hacerlo, y a mí me estarías ayudando muchísimo a dar a conocer mis obras, posicionarlas y poder llegar a más gente.

¡Adiós!, ¡espero verte de nuevo pronto, leyendo mil y una historias y al cerrar los ojos, que tú te sientas el protagonista!

¡Adiós amigo!, ¡adiós amiga!, ¡hasta pronto!

www.ingramcontent.com/pod-product-compliance
Lightning Source LLC
LaVergne TN
LVHW030920080826
845145LV00013B/2983

* 9 7 8 8 4 0 9 8 4 0 1 5 1 *